历代名画诗画对读集

【花鸟卷】

吴企明 著

苏州大学出版社

图书在版编目(CIP)数据

历代名画诗画对读集.花鸟卷/吴企明著.—苏州:苏州大学出版社,2005.1
ISBN 7-81090-383-7

Ⅰ.历… Ⅱ.吴… Ⅲ.①古典诗歌-文学研究-中国②花鸟画-研究-中国-古代 Ⅳ.①I207.22②J212.05

中国版本图书馆 CIP 数据核字(2004)第101723号

历代名画诗画对读集(花鸟卷)
吴企明 著
责任编辑 史创新

苏州大学出版社出版发行
(地址:苏州市干将东路200号 邮编:215021)
丹阳教育印刷厂印装
(地址:丹阳市西门外 邮编:212300)

开本 880mm×1 230mm 1/32 印张 6.875 字数 174 千
2005年1月第1版 2005年1月第1次印刷
ISBN 7-81090-383-7/J·9 定价:25.00元

苏州大学出版社营销部 电话:0512-67258835

【历代名画诗画对读集】

花鸟卷

目录

总序

综论

诗画对读

总序

诗要读，画也要读，还要将绘画艺术品及其题诗对照起来读，才能真正探求到诗画艺术美的奥秘。为此，笔者特撰写此书，命之曰《历代名画诗画对读集》。

清人张遗为周亮工《读画录》作序，首肯“读画”之雅举。顾修嗜画，以读画为乐，名自己的书室为“读画斋”。苏州网师园内有“看松读画轩”。可见我们的祖先是很重视绘画艺术的鉴赏活动的。读一幅画，读题写在这幅画上的诗，既要细致深入地读出它们各自的深层意蕴，品出它们各自的艺术三昧之味，悟出诗人、画家的创作匠心，还应当对照着读，将画幅的绘画美和笔情、墨趣、画境，与题画诗里的诗艺美和诗情画意逐一比照，寻绎它们相互融通、渗透、互补的精微处，整体地把握这件艺术品的美学特质。

诗画艺术要对照着读，还有一个重要原因，即我国历代题画诗的发展演进，促使画面具象与题画诗的对应关系发生变化，诗与画的对应方式大体上可以分为两大类型。

第一类，诗画对应关系非常紧密，诗人采用白描手法，摹写画面具象，再现画境，具有“重摹状”的特征，题诗与画象有着类近的性格。那些先写画面、再发感慨或则纯写画面的题画诗模式，都属于这种稳定的、直接的诗画对应关系。台湾学者郑文惠先生称这种对应方式为“封闭式”。元钱选画《秋江待渡图》，自题七绝一首：“山色空濛翠欲流，长江浸彻一天秋。茅茨落日寒烟外，久立行人待渡舟。”题诗首句写画面山色，山色空濛，翠光欲流。次句写画面江水，江水清澈，江天空阔。第三句，仍写画上的渡头景色，寒烟外，几家茅屋，一轮落日，景色幽美。结句还是写画境，描写行人伫立渡头，久立凝望，将行人“待渡多时”的画意点出。诗歌意象与画面具象、题诗意境与画面诗趣一一对应，完全吻合，充分表现出紧密的诗画对应关系。对于这类作品，运用诗画对读的思维方式，观照诗歌、绘画的外表形象和内在意蕴的相互渗透和补充，能够全面、深入地理解乃至欣赏这些作品所具有的美学内涵，获得沁人心田的审美享受。读画人一边读画，一边读诗，自然会有更多的心灵、情感和审美的领悟。

第二类，诗画对应关系不紧密。有些题画诗，并不直接、正面表现画面具象，而是采用侧面着笔的手法。如元黄玠《题王渊牡丹图卷》：“锦砌雕阑绣毂车，问花富贵欲何如？澹然水墨图中意，看到子孙犹有余。”诗人不是正面描写画面牡丹的色泽、形态、风神，却先说用“锦砌雕阑”养护着此花，又说用“绣毂车”运送此花，再用一个反诘句，说没有一种花卉比得上牡丹花的“富贵”，极意形容王渊所画牡丹花的华艳富贵气象。有些诗，以题画为由头，托物寓意，宕开画面，借题发挥，题外生情，咏怀写志，甚至阐发画理。如清金农《题湘阴女郎画竹三首》（其一）：“妆阁流风洗黛痕，管夫人法卷中存。生来不画红花树，怕见倡桃笑倚门。”金农并未具体描绘湘阴女郎画竹的形象，却由画竹生发，称赞她继承了管夫人墨竹画的技法和风格，更颂扬她的凛然节操和高尚人品。这一类题画诗呈现出诗画对应关系不紧密或不甚紧密的特征。那些发表观画感慨，借题发挥，纯写议论，或则画议结合的题诗模式，都属于这一类。郑文惠先生称这种对应方式为“开放式”。对于这类作品，尤应运用诗画对读的思维方式，循着那种不紧密或不甚紧密的对应方式，细细寻绎题诗与画题、画面具象和画境的内在联系，比较全面、深入地理解、欣赏、认知这些作品的审美意蕴和艺术三昧。例如明代孙克弘画了一幅《雨景山水图》，自题一绝：“僧房十日掩柴关，闲看浮云自往还。无限天机心会得，起来磨墨写房山。”他不去描写画面景物，却先从自己的悠闲生活着笔，写出自己的审美感悟，当他悟得“无限天机”的时候，便挥毫仿学高克恭的笔意，画成此图。全诗用叙事、议论的笔调写成，与画面的对应关系不甚紧密。然而，读者细细体会，自然可以找出一些诗与画的对应关系来，像第二句“浮云自往还”，虽然说的是画家在山中看到的自然景象，但它们却正是浮云往还、雨意浓郁的画象和画趣的生活基础，就诗歌技法讲，这叫“还扣画面”。结句“起来磨墨写房山”虽语涉论宗，却点出自己这幅《雨景山水图》的美学特征和艺术渊源。又如明代姚绶《墨松图》上的自题诗，不写画上的墨松具象，而是先发议论：“难将老干凌韦偃”，说自己的画松难以超过唐代画松名家韦偃。次句“欲向三峰访隐居”，更是由画面宕开，说是画松逗起我寻访隐居于三峰的老朋友的情思。三、四句“看画忽闻松子落，山人石室近何如”，说现在我看着墨松图卷，忽然听到松子坠地的声音，不知那位隐居于三峰石室的朋友近来生活得怎么样。诗笔刚刚落到画面上，突然又宕开去，表达出诗人因观画而兴起的怀念友人的深挚情感。此诗用实笔少，仅首句“老干”与画面有一点儿关系；用虚笔多，大部分诗句抒写怀人的情思，与画面对应关系不紧密。然而，当我们观其画，读其诗，由画面蟠曲苍劲的墨松形象展开想像的翅膀，仿佛随着诗人飞到三峰去寻访他的友人，也仿佛听到了松子的坠地声。由此可知，诗画对读的思维方式，在阅读诗画对应关系不紧密的题画诗时，尤其显出它的重要意义。

解读绘画艺术品和题画诗，进行诗画艺术的对读，完全符合诗画艺术交融的艺术思维规律，诗画对读是以诗画艺术异同与融通的理论为思想基础的。

诗歌与绘画是两门绝然不同的艺术，有着明显的区别。绘画是造型艺术，它的构成要素是线条、色彩、物象、明暗光线、布局等，绘画艺术靠着众多物象构成画面，给人以直接感觉，也即是视觉形象，是一种诉诸视觉器官的艺术，一种“有形”的、“无声”的艺术。诗歌是语言艺术，它的构成要素是文字、词汇、诗行，它并不给人以直接感觉，不能给人以物象和画面的视觉形象，而是通过读者的视觉将文字符号输入大脑，转换成诗歌意象，并由若干意象组合成诗歌意境，供人欣赏。语言文字供人阅读，有韵律节奏，具有音乐美，所以，诗歌是一种“有声”的、“无形”的艺术。正因为媒介的不同，所以诗歌与绘画有很大的差异。古人很早就认识到这个问题，古希腊诗人西摩尼德斯说：“画为不语诗，诗是能言画。”(艾德门茨《希腊抒情诗》引）宋人黄庭坚也说：“淡墨写作无声诗。”(《次韵题子瞻子由〈憩寂图〉》)宋代画论家郭熙说：“诗是无形画，画是有形诗。”(《林泉高致》)

诗歌与绘画还有什么差异吗?有。

其一，绘画通过画面表现生活中的一个断面，一瞬间的人与物的形象，表现静态中的美，表现视觉范围内的并列物体。诗歌不仅可以表现生活中一瞬间的人和事，表现静态美和视觉范围内的并列物象，而且可以超越生活断面，延伸时间、空间，化静态为动态，也能变无声为有声。莱辛在《拉奥孔》中说过：“动作是诗所特有的题材。""诗想在描绘物体美的时候,能和艺术争胜,还可以用一种方法,那就是化美为媚,媚就是动态中的美。"这是很深刻的诗学理论。

其二,绘画艺术不能表达非绘画性的事物,如议论、叙事、人的生活体验、人的内心活动等。莱辛说:"诗往往有很好的理由,把非图画性的美,看得比图画性的美更重要。"(《拉奥孔》)而诗歌的艺术功能很全面,它可以抒情、言志、议论、叙事,这些正是绘画艺术无法表达的。例如王之涣《登鹳鹊楼》:"白日依山尽,黄河入海流。欲穷千里目,更上一层楼。"唐寅画《秋风纨扇图》,题诗云:"秋风纨扇合收藏,何事佳人重感伤。请把世情详细看,大都谁不逐炎凉。"

诗与画还有一个明显的差别,就是"比兴"手法的运用。诗歌可以大量运用比喻,使意象更为生动、形象,甚至采用"博喻",即以一连串的喻象,形容被描写的主体。绘画艺术不能表现比喻,不适宜将喻象和被喻物并列在画面上。

诗歌和绘画既然同是艺术,必然有着某些共同的特征。首先,诗歌和绘画都是"模仿的艺术"。丹纳在《艺术哲学》中认为绘画、雕塑和诗歌"这三种(艺术)有一个共同的特征,就是多多少少是模仿的艺术"。对这个"模仿的"三字,不能拘泥理解,实际上是说它们都是再现客观物象的艺术,是一种"摹写物象"的艺术,诗与画都要以自然界中的物和社会生活中的人,作为自己的表现对象,加以生动、具体的描绘,反映出蕴含于生活中的美。苏轼说:"古来画师非俗士,摹写物象略与诗人同。"(《欧阳少师令赋所蓄石屏》)宋人邵雍也说:"画笔善状物,长于运丹青","诗笔善状物,长于运丹诚。"(《诗画吟》)中西方的诗画理论在这个问题上达成了共识。

其次,诗歌和绘画艺术同样要以丰富的想像作为自己的艺术生命力。顾恺之《论画》说“迁想妙得”，苏轼说“妙想实与诗人同”（《次韵吴传正枯木歌》）。这说明诗歌和绘画一样，都需要依靠丰富而奇特的艺术想像，创造自己的艺术形象和诗画意境。苏颋《扈从鄠杜间》：“云山一一看皆美，竹树萧萧画不成。”辛弃疾《好事近》：“山色虽言如画，想画时难邈。”这两位诗人用诗词形象阐述了没有艺术想像画家不可能将自然美景描绘成图的道理。

再次，诗歌与绘画有共同的审美追求。艺术创造的初始阶段，追求“形似”、“征实”，但是，艺术家不能满足于“形似”的追求，而要冀求更高的境界。于是，我国在南北朝时期，诗歌、绘画领域便出现了“象外”学说，谢赫《古画品叙》：“若拘以物体，则未见精粹，若取之象外，可谓微妙”，宗炳《画山水叙》：“旨微于言象之外”，刘勰《文心雕龙·神思》提出“义生言外”，钟嵘《诗品》提出“味”，他们都希望在象外、言外追求更为精妙的艺术境界。诗学界出现诗境说以后，唐宋画家也共同追求“画境”。

由此可见，诗歌与绘画有着共同的艺术特征、共同的艺术思维规律和共同的审美追求。

综上所述，诗画艺术有其特殊性，又有着共同性，诗歌与绘画的异同，前人早已认识到。宋人苏轼说：“诗画本一律。”（《书鄢陵王主簿所画折枝二首》）孔武仲也说：“二者异迹而同趣。”（《宗伯集》卷一《东坡居士画怪石赋》）诗画艺术的异同，便为诗画艺术的融通和渗透创造了条件。

诗画艺术的融通表现在三个方面：第一，画家将诗意、诗境转换成画意、画境，以诗入画，将诗意融入画境中。这是一种艺术再创造。宋郭熙《林泉高致》“画意”中附有其子郭思的记载：“思因记先子尝所诵道古人清篇秀句，有发于佳思而可画者，并思亦尝旁搜广引，先子谓可用者，咸录之于下。”例如王维的“行到水穷处，坐看云起时”（《终南别业》），杜甫的“远水兼天净，孤城隐雾深”

(《野望》)，韦应物的“春潮带雨晚来急，野渡无人舟自横”(《滁州西涧》)，这些诗句，富有画意，都能以之入画。藏于上海博物馆的赵葵的《杜甫诗意图》，将杜甫名句“竹深留客处，荷净纳凉时”的诗境，融入画中。藏于北京故宫博物院的谢时臣的《杜陵诗意图》(之二)，将杜甫名句“雪里江船渡，风前径竹斜”的诗境，融入画中。藏于北京故宫博物院的杜堇的《古贤诗意图》，是比较集中地运用古人诗意入画的典型例证。这是一个长卷，共分九段，分别用李白《王右军》、韩愈《桃花源》、李白《把酒问月》、韩愈《听颖师琴歌》、卢仝《咏茶》、杜甫《饮中八仙歌》、杜甫《陪王侍御同登东山最高顶宴姚通泉晚携酒泛江》、黄庭坚《咏水仙》、杜甫《舟中夜雪》等诗意画成。宋郭若虚《图画见闻志》记载过一则关于《雪诗图》的故事，云：

> 唐郑谷有《雪诗》云：“乱飘僧舍茶烟湿，密洒歌楼酒力微。江上晚来堪画处，渔人披得一蓑归。”时人多传诵之。段赞善善画，因采其诗意景物图写之，曲尽萧洒之思，持以赠谷。谷珍领之，复为诗寄谢云：“赞善贤相后，家藏名画多。留心于绘素，得事在烟波。属兴同吟咏，功成更琢磨。爱余风雪句，幽绝写渔蓑。”

诗人在观察自然景物时，从中发现了“堪画处”，便以之入诗，诗中有画意。段赞善读郑谷诗，从诗中发现了画境，便以之入画，画中有诗意。诗画艺术融通的审美意识，在诗画家艺术再创造的实践中，得到淋漓尽致的发挥。

第二，诗人将绘画美转化成诗艺美，将画境转化为诗境，以诗写画，完成诗画艺术又一种形式的融通，这主要体现在历代的题画诗中。元高克恭《种笔亭题画》：“积雨暗林屋，晚峰晴露巅。扁舟入苹港，浮动一溪烟。”四句全写画面景象，首句写积雨，次句写云雾，有色彩的变化，明暗的差异，对比鲜明突出。三、四句写扁舟泛动，表现动态事物，为静谧的画境增添了生气。高克恭的画，画中有诗；高克恭的诗，诗中有画，诗画交融，创造出清幽深远的境界。明文徵明《题画》：“雨过空林万壑奔，夕阳野色小桥分。春山何似秋山好？红叶青山锁白云。”全诗色彩亮丽，意象灵动，情趣盎然，虽然这幅画已散失，但是我们读此诗，如睹斯画，一幅秋山夕阳图如在眼前。更有意义的是，诗美与画美能多次转换，如宋代王诜画了一幅山水画，苏轼题诗云：“丑石半蹲山下虎，长松倒卧水中龙。试君眼力看多少，数到云峰第几重？”图已佚，元代画家朱德润又根据苏轼的诗意画了一幅《松溪放艇图》。这种由画及诗，又由诗及画的创造活动，充分体现出诗画艺术融通的艺术规律。唐代一位不知名的画家，画了一幅《建溪图》，方干题写一首《题画建溪图》，图已佚，诗存于《全唐诗》内，明代画家董其昌曾任福建副使，游历过建溪，他追忆建溪景物，依据方干诗意，画了一幅《建溪山水图》（今藏美国王季迁先生处）。董其昌将方干的诗题写在画幅的右上方。这里，诗境美和画境美多次转换，不断地融通、渗透，令诗画艺术精益求精。

第三，更高层次的诗画艺术融通，不仅仅停留在再现诗境或则再现画境的层面上，而是对画境作深入的生发，阐述画学理论和美学思想，将画家的艺术创作经验以及“画家三昧”写入诗中，融入诗境中。苏轼《书晁补之所藏与可画竹》：“与可画竹时，见竹不见人。岂独不见人，嗒然遗其身。其身与竹化，无穷出清新。”苏轼此诗论述文同画竹时聚精会神、身心专致，达到物我两融的境界。他把文同的创作心理状态、审美理想，连同自己的审美认知都一并写入诗中。清郑燮《题竹石图轴》：“四十年来画竹枝，日间挥写夜间思。冗繁削尽留清瘦，画到生时是熟时。”郑燮积累了四十年的画竹经验，不断地探索、思考，冀求达到更高的艺术境界。他对自己提出的审美准则是“精简”和“清瘦”，以少胜多，以清瘦的墨竹形象，以生熟相济的技法，来表现竹的神韵。他的诗与画面形象相契合，神理相融，意趣斐然，画理精邃，给人留下了深刻的印象。

诗画艺术融通的美学思想，是我们的前辈在长期的艺术实践和理论探索中创造出来的，反映了我们民族独特的审美理念和文化精神，它们还将成为未来诗画艺术创作与鉴赏的指导思想。因此，诗画艺术融通的思想和理论，既是古典的审美意识，也是现代的审美意识。本书将自始至终贯彻这种审美意识。

为了帮助广大爱好诗画艺术的朋友们欣赏历代传世名画上的诗与画，本书采用以下体例写成：按画科，分为“山水”、“人物”、“花鸟”三卷，每卷包括“综论”和“诗画对读”两大部分。

“综论”部分，论说各种相关画科的发展轨迹，介绍重点画家和画学流派；简述各种相关画科题画诗的演进历程，介绍重点诗人以及他们在诗画艺术交融方面所取得的独特成就；论述各种相关画科题画诗异彩纷呈的美学特征。

“诗画对读”部分，笔者于每种画科中，从国内外各大博物馆(院)及私家藏画中，遴选出六十幅题有诗、款、跋的传世名画。名画的遴选，突出重点，照顾一般，并顾及题材内容和表现技法的多样化。有些名画，虽在画史中的地位很重要，但是因题识字迹不清、缺损而无法解读，只能割爱。笔者将绘画艺术品与题诗、款跋对照起来解读，兼带介绍画家、诗人的生平(重复者从略)，解释词语典故，使画、诗、跋、人品贯通起来，互相映带，互为发明，让读者能较为全面、透彻地理解这件艺术品的深层意蕴和艺术奥秘。清代画家蒋廷锡有一幅《兰竹图》，以兰竹“双清”为题材，他的题款告诉大家，这幅画仿元赵孟頫的兰竹，赠给即将离京返乡的朋友“谨亭”。画幅右上方，陈元龙题写七绝两首：

幽兰香已闻王者，丛竹清尤见此君。
纵有软红无著处，玉堂风露迥纷纷。

花痕竹影总风流，写出湘沅一片秋。
知是上林无俗卉，移将烟雨过江头。

陈元龙入翰林，曾任掌院学士。对读诗画，可以知道画与诗都暗示着“谨亭”有着兰竹一样的“君子”之风，前诗写兰竹图现在存放翰林院，后诗写出此画的去向：它将要随着主人穿过烟雨，越过江头，移向远方，也就是说将随着“谨亭”离京回到江南的家乡。如果不是将画、诗、跋，画家、诗人的生平联系在一起解读，那么，这两首诗是很难读懂的，对这幅画的艺术欣赏也将停留在表面上，理解很肤浅。

历代名画诗画对读集

综论

《历代名画诗画对读集》按画科分山水、人物、花鸟三卷，进行具体名画对读以前，先作综合论述，介绍相关画科的发展轨迹、相关画科题诗的演进历程以及相关画科题诗的美学特征，帮助大家从整体上把握我国诗画艺术融通的艺术规律，以便顺利地进行历代名画的诗画对读。

一、花鸟画的发展轨迹

作为独立的画科，我国花鸟画的发展后于山水画和人物画。花鸟画在隋唐时代成为独立的画科并有了明显的发展，在此之前，有刘宋顾骏之、南齐丁光画蝉雀，刘宋顾学秀画鹦鹉、鸂鶒，北齐杨子华画牡丹，这些画家的创作实践，为唐五代花鸟画的蓬勃发展打下了坚实的艺术基础。

唐五代

随着唐代政治、经济、文化的全面繁荣昌盛及中外文化交流的频繁和活跃，唐代的绘画艺术得到长足的发展，题材内容、表现技巧等方面，都有较大的拓展和进步。花鸟画也在这样特定的文化氛围中蓬勃发展，成为独立的画科，与山水、人物画科鼎足而立。朱景玄《唐朝名画录》论述各位画家的艺术特长时，已将“花鸟”与人物、山水、鞍马等画科并列。他在“目录”里列出了擅画花鸟的画家，有薛稷、边鸾、殷仲容、卫宪、冷元琇、梁广、程邈、陈庶等人。张彦远《历代名画记》也记载许多善画花鸟的画家，如李湛然、白旻、于锡、康萨陀、周太素等（与《唐朝名画录》重复的人不再列出）。

被张彦远称为“花鸟冠于代”的边鸾，足以代表唐代花鸟画的最高成就。他“长于花鸟，得动植生意”（《宣和画谱》），“下笔轻利，用色鲜明，穷羽毛之变态，奋花卉之芳妍”（朱景玄《唐朝名画录》)。贞元中,新罗国献孔雀,德宗命他在玄武殿画像,顷刻写成,翠彩生动,金羽辉灼,得婆娑之态。他又独创“折枝”法,择取自然花草中最具美感的部分入画,“曲尽其妙”,前所未有,对后代花鸟画的发展产生过深远影响。据《宣和画谱》记载,宋朝的御府内所藏的边鸾画有《踯躅孔雀图》(踯躅,即芍药花)、《梨花鹁鸽图》、《梅花鹡鸰图》、《牡丹白鹇图》等花鸟画三十三幅,代表了唐代花鸟画的最高水平。

唐代花鸟画大多以工笔重彩画成,边鸾可称代表。唐题画诗人描写花卉画,也都谈到色彩鲜明,如白居易《画木莲花图寄元郎中》:“花房腻似红莲朵,艳色鲜如紫牡丹。”裴谐《观修处士画桃花图歌》:“勾芒若见应羞杀,晕绿匀红渐分别。堪怜彩笔似东风,一朵一枝随手发。”用胭脂色画成的桃花,鲜艳夺目。于此同时,唐代还出现了水墨花鸟画。殷仲容运用水墨表现花鸟,张彦远《历代名画记》:“(仲容)花鸟妙得其真,或用墨色,如兼五彩。”吴道子画墨竹,黄庭坚《次韵谢黄斌老送墨竹十二韵》:“吴生勒枝叶,筌宷远不逮。”晚唐不知名画家画墨梅,詹安仁《介庵赠古墨梅酬以一篇》:“墨散余香点酥萼,月留残影照窗纱。”詹安仁为五代人,介庵所赠之《古墨梅图》,至迟当为晚唐人所画。综上所述,唐代花鸟画不仅画家多,题材广泛,而且画法多样,颇受当代人的爱赏。

花鸟画进入五代后,担负起承上启下的时代任务。五代时,出现两种画风迥然不同的流派,即以孟蜀黄筌为代表的富贵体和以南唐徐熙为代表的野逸体,诚如郭若虚《图画见闻志》说:“黄家富贵,徐熙野逸。”

黄筌(903—965),字要叔,成都(今属四川)人,早年跟从入蜀的花鸟画家刁光胤、滕昌祐学画。筌供职于后蜀画院,后入北宋翰林院画院,一生没有离开过宫廷,他的画取材于宫廷的珍禽瑞鸟、名花奇石，先用极细的墨线勾出轮廓，然后晕染、填色，形象逼真，工整细致而旨趣浓艳，迎合于贵族阶级的审美情趣。沈子丞《五代画论概述》：“作花鸟能尽神悉态，其法先行钩勒，后填五彩，工丽精致，饶富贵气象，与江南徐氏之没骨画法绝然不同，后世宗之，称为双钩法。”很好地概括了黄筌一派的美学特征。

徐熙（生卒年不详），钟陵（今江西进贤西北）人，一作金陵（今江苏南京）人。出身于江南名族，但他本人是个处士，以闲放高洁自任。他善画花鸟、虫鱼，多取材于田野的自然景物，他的画法与黄筌迥然异趣，徐铉论曰：“落墨为格，杂彩副之”（郭熙《图画见闻志》引），是一种以水墨为主兼用色彩的新画风，极力体现生动的笔墨趣味和“野逸”之趣。

这两种花鸟画派，上继唐代花鸟画的成就，直接促进了宋代花鸟画的繁荣，也影响了历代花鸟画的发展，真正发挥了承前启后的历史作用。

宋 代

两宋时期的花鸟画空前繁荣，取得了令人欣喜的成绩。一方面，以黄筌、黄居寀、黄居宝父子为代表的画院画家，继承了黄家富贵的画风，精工富丽。当时画院以黄家体制作为优劣去取的标准。院体画自崔白出，始变其风。崔白（约 1004—1088），字子西，濠梁（今安徽凤阳）人。善画花竹、翎毛，宋神宗熙宁时授画院艺学。他受到文人审美趣味的影响，兼学徐、黄两体，别创一种清赡疏秀的风格。《宣和画谱》云：“自（崔）白及吴元瑜出，其格遂变。”但是，他并不能改变宫廷贵族的审美趣味，也不可能真正改变院画精工艳丽的画风。宋徽宗赵佶的花鸟画有不同的艺术风格，反映出他兼容并包的态度。南宋画院，花鸟画工笔重彩的画风，一直居重要地位。部分画家受当时山水画新风格的影响，将用笔粗犷、挺健的树石和精工写意的花鸟结合起来，形成一种新的风貌，代表人物是李迪，他的《枫鹰窥雉图》(见附图一)可称是代表性作品。

附图一　李迪《枫鹰窥雉图》

另一方面，院外文人画家的花鸟画得到很大发展。北宋时代较为著名的花鸟画家是赵昌。赵昌（生卒年不详），字昌之，广汉（今属四川）人。擅画花果、草虫，他继承滕昌祐重视写生、善于敷色的艺术传统，其画形象逼真，栩栩如生。“不特取其形似，直与花传神者也”(《宣和画谱》)，“惟于敷彩，旷代无双”(郭熙《图画见闻志》)，连苏轼也称赞“赵昌花传神”（《书鄢陵王主簿所画折枝二首》)(见附图二)。

附图二　赵昌《杏花图》

宋代文人继承唐人绘画水墨梅、兰、竹的艺术传统，日益盛行“四君子”绘画题材——梅、兰、竹、菊的创作，画法有水墨与敷色之分。“四君子”是这类题材的泛称，当时还没有出现这个专有名词，也没有画家将这四种花卉绘画在一幅图上。画家们将四种花卉的自然属性和人的品格、道德联系起来，用“比德”的自然审美观念，赋予这些物象以人的品德。四种花卉各有“君子”之称，故合称为“四君子”。宋代善画墨梅的画家有华光、石门僧、扬补之、赵孟坚，善画墨兰的画家有赵孟坚、郑思肖，善画墨竹的有文同、苏轼、赵孟坚，都取得很高的成就。宋代用彩色画菊的画家有赵昌、赵佶和朱绍宗，传世的朱绍宗的《菊丛飞蝶图》（见附图三），是早期菊花图中的优秀作品。

附图三　朱绍宗《菊丛飞蝶图》

花鸟画中的“岁寒三友”题材，是宋代文艺家共同创造的艺术群象，他们将松、竹、梅三种花木形象，组合在一幅画中，赋予这些审美形象以人的品德美，以松、竹、梅具有的傲霜雪、斗严寒的“岁寒心”，来歌颂经得住险恶环境考验的挚友。扬补之、赵孟坚首创

附图四　赵孟坚《岁寒三友图》

这种艺术群象，扬画已佚，赵孟坚有两幅《岁寒三友图》(见附图四)传世，极为珍贵。

宋代以“四君子”和“岁寒三友”为题材的花鸟画，对后代花鸟画的发展产生过极其深远的影响。

元　代

元代取消了画院制度，这为文人画的勃兴创造了有利条件，虽说工笔花鸟画的传统并未中断，但水墨花鸟画广为流传，艺术上强调“自然天趣”，追求野逸的趣味，以寄寓文人不与当世统治者合作的情怀。元初，钱选擅长花鸟画，师法院体工整细丽的写实传统，又融进南宋文人画家杨、赵一派的清新雅逸的画风，别具一格，现存的《花鸟图卷》分三段：桃花翠鸟、牡丹、梅花，堪称代表作。

梅、兰、竹、菊“四君子”题材的绘画，在元代得到长足的发展，画家大多以墨竹、墨梅、墨兰、墨菊为题材，尤其是墨竹画大为流行，著名的画竹名家有李衎、顾安、高克恭、赵孟頫、柯九思、吴镇、倪瓒等人。李衎（1245—1320），字仲宾，号息斋道人，蓟丘（今北京）人。历仕吏部尚书、集贤殿大学士，善画墨竹与勾勒青绿设色竹（见附图五），师法文同，苦心临写，得其笔法与画理，著有《竹谱》。赵孟頫曾称赞他的竹画“二百年来，以画竹称者，皆未必能用意精深如仲

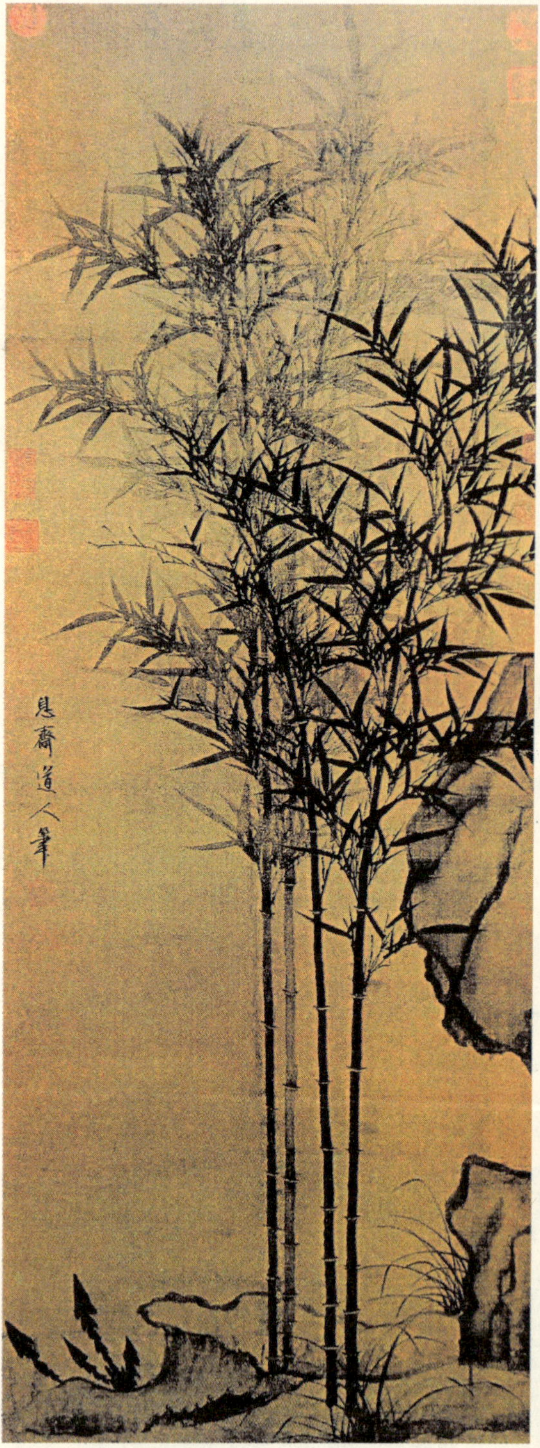

附图五　李衎《四季平安图》

宾也"(《题李仲宾野竹图并序》)。"元四家"中的吴镇、倪瓒都善画山水,又以墨竹闻名于世。著名的画梅名家有王冕、邹复雷、吴太素等。王冕怀才不遇,放浪形骸,隐居九里山,爱梅成癖,自号"梅花仙"。前人画梅,都以疏梅为尚,王冕却独出心裁,开密体写梅之先声。朱方蔼说:"宋人画梅,大都疏枝浅蕊,至元煮石山农始易以繁花,千丛万簇,倍觉风神绰约,珠胎隐现,为此梅别开生面。"(《画梅题记》,邹复雷画梅,得华光老人不传之秘,画枝干焦墨、湿墨、浓墨、淡墨、飞白兼用,墨色丰富多彩,画花瓣花蕾,不用墨勾线,而以淡墨渍晕,浓墨点蕊,苍劲俊秀,洵为墨梅画中的佳作。善画墨兰的画家有赵孟频、普明、杨维翰等。赵孟频用书法笔意画兰,笔墨圆润苍秀,格调疏淡隽逸,高雅不俗。普明,僧人,俗姓曹,号雪窗,松江(今属上海)人。善画墨兰,潇洒飘逸,意趣盎然,被王冕称为赵孟频以后一人而已,"吴兴二赵俱已矣,雪窗因以专其美"(《题明上人画兰图》),柏子庭也说"家家恕斋字,户户雪窗兰",可见普明墨兰传布之广,影响之大。善画墨菊的画家有钱选、柯九思、王渊等。柯九思以淡墨画菊,疏略率真,得其意趣。黄镇成《题墨梅》:"近时丹丘出新意,却洒淡墨传秋香。"钱选画折枝墨菊,袁桷题诗云:"醉别南山十五秋,雁声深恨夕阳楼。寒香似写归来梦,背立西风替蝶愁。"诗中蕴含着故国家园的离愁别恨,写出了画家的心声。

明　代

明代承袭宋代的制度,设立宫廷画院,为宫廷服务。明代宫廷画家的突出成就在花鸟画上,名家辈出,有边景昭、孙龙、林良、吕纪等。边景昭(生卒年不详),字文进,沙县(今属福建)人。永乐年间任武英殿待诏,擅画花鸟,完全继承宋代工笔重彩的画风,他的《双鹤图》(见附图六)用笔细腻工整,色彩妍丽,是其花鸟画的代

附图六　边景昭《双鹤图》

附图七　孙龙《芙蓉游鹅图》

表作。孙龙，一作孙隆，字廷振，号都痴，武进（今江苏常州）人。宣德年间入直内廷，官至侍御。擅画花鸟，师法北宋徐崇嗣的没骨法和赵昌的写生法，又吸收了法常的水墨写意法和张中的设色写意法，自成一家，形成墨色交融的没骨花鸟画的新画法，《芙蓉游鹅图》（见附图七）是他的代表作。

明代中叶以后，院体画渐衰，而文人画“吴门画派”开始兴起。“明四家”中，沈周、文徵明、唐寅的花鸟画取得了较大的成就。沈周擅长山水画，也能画写意花鸟，师法宋人徐熙、元人法常，吸取其水墨粗简的笔法，意态生动传神，“沈启南浅色水墨，实出徐熙而更加简淡，神采若新”（王世贞《艺苑卮言》）。他在水墨花鸟写意画上的艺术探索，为明代后期写意花鸟画的发展作出了重要贡献。文徵明师从沈周，除山水

附图八　文徵明《兰竹图》(局部)

画以外，也擅长写意花鸟画，用书法笔意入画，受元人赵孟頫、倪瓒和沈周的影响较大，因此他的花鸟画笔墨清秀含蓄，风格文雅婉润，善画兰，人称“文兰”。(见附图八）文徵明的学生陈淳继承沈、文水墨写意花鸟画的传统，进一步发展了水墨写意的技法，并将它提到了一个新的高度，声誉很高，与稍后的徐渭合称“青藤白阳”。同时的周之冕，兼用工笔勾勒和写意没骨之法，兼取陈淳、陆治的长处，丰富了水墨写意花鸟画的技法，被称为勾花点叶派。

附图九　徐渭《蕉石图》

到了晚明，徐渭可说是水墨写意花鸟画的集大成者。他在画学上不拘于规矩法度，追求个性解放，“不求形似求生韵”(《画百花卷与史甥题曰漱老戏墨》)，笔墨狂放不羁，气势豪放，强调“本色”，追求“真性情”。(见附图九)他在广泛吸取前人技法的基础上，大胆创造，开拓了写意花鸟画的表现领域，成为大写意花鸟画派的先驱。

清及近代

有清一代，中国社会发生了深刻的变化，封建专制制度的日益腐败，资本主义的渐渐孳萌，西方外来文化的浸衍，加速了反封建专制的民主化进程，文化思想也随之产生剧烈变化，要求个性解放，强化自我意识，从而催发了清末民初的新文化运动。这种社会变革，直接深刻地影响到当时的画家。

清初画坛上，众多画家追求着各不相同的笔墨情趣和风格意境，形成许多风貌各异的创作群体，如“清初六大家”、“四僧”、“金陵八家”等。

“清初六大家”中惟一以花鸟画知名的画家是恽寿平。他早年向堂伯父恽向学画，恽向师法董、巨，南田因此而浸润于宋元诸家，山水苍郁浑厚。他又另辟蹊径，继承并发展了北宋徐崇嗣的没骨法，汲取徐、黄两派的技法，又重视对景写生，强调形神兼顾，兼工带写，巧妙运用水色，创“色染水晕”之法，丰富了设色没骨画法的表现手段。（见附图一〇）他总结花鸟画创作经验为“酌论古今，参之造化，以为损益”（题唐寅《红莲图轴》）。他的花卉画新风格，效法的人很多，被称为“常州派”或“恽派”，清代著名花鸟画家蒋廷锡、邹一桂、华嵒都深受其影响。

“四僧”中，八大山人和石涛的花鸟画成就很高。八大山人（1626—1705），原姓朱，名统𨨗，弋阳王孙，世居南昌，故为南昌人。清初落发为僧，法名传綮，人称朱耷，号八大山人。他的主要艺术成就是花鸟画，他以深厚的笔墨功力，以象征寓意的手法画花鸟，笔意恣纵，形象夸张奇特，宣泄自己极度悲愤压抑的情感，

附图一〇　恽寿平《花卉图册》

附图一一　八大山人《水木清华图》

创造性地推进了水墨大写意花鸟画法。《水木清华图》（见附图一一）比较全面地反映了他的花鸟画的美学特征。石涛除擅长画山水外，也擅长画花卉、兰竹，笔意纵横豪宕，挥洒淋漓，形成独特的大写意花卉的放逸画风。两位画僧对后代影响很大，特别是石涛，晚年定居扬州，更直接引导了“扬州八怪”画风的问世。

清代中期，在江南扬州画坛上，出现了“扬州八怪”这一画派。这些画家或是扬州人，或是外地人而寓居扬州，他们都是仕途坎坷、生活贫困、画风怪奇的文人，因艺术思想、创作倾向相近而组合起来。“扬州八怪”的成员，各家记载不一，被列入“八怪”中的画家最多有15人，一般以金农、黄慎、郑燮、李鱓、李方膺、汪士慎、高翔、罗聘为“八怪”(据最早记载的李玉棻《瓯钵罗室书画过目考》)，他们大都擅长花鸟画，重在创新，要求突破程式，强调抒发个性，充分发挥写意花鸟画的技法，以抒泄胸中不平之气，开拓了题材新内容，更富有表现力，对后世画坛产生了深远影响。“八怪”中的画竹高手有郑燮、金农、李方膺、罗聘，他们画竹千姿百态，水墨淋漓。(见附图一二)“八怪”中的画梅高手有李方膺、金农、汪士慎、罗聘，他们的画梅各逞风姿，

附图一二　郑燮《墨竹图》

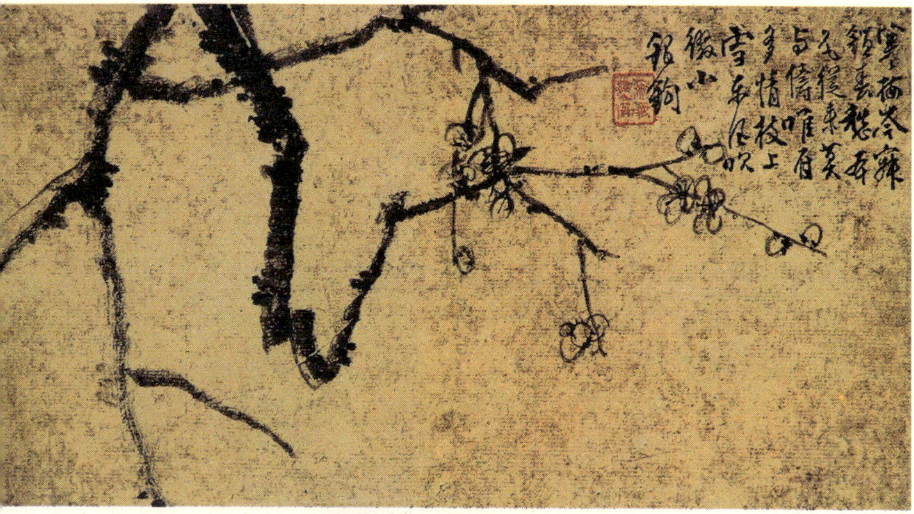

附图一三　李方膺《墨梅图》

附图一四　华嵒《松鹤图》

有很强的艺术个性。(见附图一三)此外，被列名画派的其他画家也各具特色，如华嵒的花鸟清新俊逸，富有生意(见附图一四)；边寿民的泼墨芦雁形态生动，情趣横溢；高凤翔的花卉苍劲老辣，奔放纵逸。总之，“扬州八怪”的写意花鸟画在清代中期大放异彩。

鸦片战争揭开了中国近代史的帷幕，清王朝闭关自守的政策被打破以后，上海便畸形地发展成为繁华的大城市。一批立志改革、大胆创新的画家云集上海，形成了我国封建社会末期的一个重要画派“海上画派”，简称“海派”。这一画派以赵之谦、虚谷、胡公寿、“四任”、吴昌硕、蒲华、王震为代表画家，其中尤以任颐和吴昌硕成就最大。任颐(1840—1895)，字伯年，浙江绍兴人。他是个绘画全才，尤为擅长花鸟画。他一方面效学恽南田，深入没骨法的殿堂；一方面学徐渭、八大山人，吸收水墨写意的精华；另外，他也学习西洋水彩画的用色技巧，各种技法交替运用，和谐地融会在一起，创造出一种兼工带写、形象精确、清新明丽的独具特色的艺术风格。收藏于南京博物馆的《幽鸟鸣春图》(见附图一五)，可称是他的代表作。吴昌

附图一五　任颐《幽鸟鸣春图》

硕精工书法、篆刻，善诗文。他悉心研究沈周、陈淳、徐渭、八大山人、石涛以及“扬州八怪”的画作，吸取其精华，融合书法篆、隶、狂草笔意入画，创造的画境富有诗意，形成色彩浓丽、笔势雄健的画风，独创重彩写意画的新面貌，画面上诗、书、画、印密切配合，笔情、墨趣、诗意、画境浑然一体，使文人画的艺术美达到一个崭新的高度。(见附图一六)

这个时期，“二居”的花鸟画成就很大，影响极为深远，并为现代“岭南画派”的出现打下了基础。“二居”即居巢（1811—1865）、居廉（1828—1904）堂兄弟，他们都是广东番禺人，画风宗常州画派恽南田的没骨花鸟画法，在此基础上自出新意，汲取宋宝光的“撞水”、“撞粉”技法，重视写生，工笔设色和水墨写意兼顾，很有表现力。

附图一六　吴昌硕《红梅图》

本书的主旨在于论述花鸟画题诗的演进历程、美学特征以及诗画融通的理论，因此，对中国花鸟画的发展、重要花鸟画家的独特风貌及其传承、嬗变的轨迹，只能作如上简要的勾勒和描述。一些论述采用了前人的说法，限于篇幅和体例，不一一备举，特此说明。

二、花鸟画题诗的演进历程

绘画艺术品和题诗的创作与存留，存在着差异性。有的画上无题诗；有的画上有题诗，画存诗亦存。有的题画诗另纸书写，画佚而诗存；有的画上题诗载入诗人本集或则录入书画著录专书中，画佚而诗存。因此，论述花鸟画题诗的演进历程，必须与花鸟画的发展轨迹区分开来。下面，我们以朝代为次序，逐步加以详述。

唐五代

唐五代题画诗的长足发展，植根于唐五代诗歌与绘画艺术蓬勃发展的土壤中。唐五代诗人与画家交往时，常为朋友的画壁、画扇、画屏、画卷题诗。文人雅集赋得的活动中，有时观赏画幅，也就写作题画诗，如高适《画马篇同诸公宴睢阳李太守各赋一物》、李颀《李兵曹壁画山水各赋得桂水帆》。唐代科举考试也有以观图为命题的，如李频《府试观兰亭图》、柳宗元《省试观庆云图》。可见，唐代诗人写作题画诗的机会很多，以绘画艺术品为题咏对象的诗歌也日益增多，写作技巧日益成熟，愈益符合题画诗的审美特征，使题画诗真正摆脱咏物诗的樊篱，造就了一批优秀的题画诗人，开拓出题画诗的新境界、新局面，对后代题画诗的发展产生了不可估量的深远影响。诚如沈德潜评论杜甫《奉先刘少府新画山水障歌》时所说："题画诗开出异境，后人往往宗之。"（《唐诗别裁集》）

唐代著名的题画诗人有李白、杜甫、白居易、皎然、张祜、方干等人，他们题咏了大量画幅。而唐代既是画家又是题画诗人的只有刘商、顾况、贯休等数家。画家兼诗人的王维，是我国文艺史上最早重视诗歌与绘画两门不同门类艺术融通的人。苏轼以敏锐的艺术眼光发现了他的特殊贡献，提出了著名的论点："味摩诘之诗，诗中有画；观摩诘之画，画中有诗。"(《书摩诘蓝田烟雨图》)可惜他没有给我们留下多少题画诗，这不能不说是一件憾事。

唐五代时期，画上题诗的模式还没有出现，诗人题咏画幅，都是另纸书写的，因此很容易散失。现存《全唐诗》五万余首，而题画诗却只有两百余首，花鸟画题诗更是少得可怜，仅有十二首。尽管如此，现存的花鸟画题诗仍给我们传递了唐代花鸟画发展的重要消息。从罗隐《扇上画牡丹》："叶随彩笔参差长，花逐轻风次第开"及裴谐《观修处士画桃花图歌》："堪怜彩笔似东风，一朵一枝随手发。燕支乍湿如含露，引得娇莺痴不去。"等诗中，人们可以感受到唐代彩绘花鸟画的风貌。从白居易《画竹歌》："萧郎下笔独逼真，丹青以来唯一人。人画竹身肥臃肿，萧画茎瘦节节竦。人画竹梢死羸垂，萧画枝活叶叶动。不根而生从意生，不笋而成由笔成。野塘水边碕岸侧，森森两丛十五茎。婵娟不失筠粉态，萧飒尽得风烟情。"中，可知唐代画竹名家萧悦墨竹画的气韵神情。从詹敦仁《介庵赠古墨梅酬以一篇》："开屏展素看梅花，淡蕊疏枝蓦蓦斜。墨散余香点酥萼，月留残影照窗纱。"中可知唐代已有墨梅，打破墨梅始于北宋华光的旧说。从顾况的《梁广画花歌》以及李群玉的《长沙元门寺张璪员外壁画》"世人只爱凡花鸟，无处不知梁广名"中，可知梁广是唐代一位知名度极高的花鸟画家。

宋 代

题画诗发展到宋代，出现了兴盛的局面。乔亿《剑溪说诗》："题画诗三唐间见，入宋浸多。"这是不争的事实。宋代题画诗的兴盛局面，依托于宋诗和宋代绘画艺术的成熟与繁荣。宋代题画诗人可以分为两大类：一类诗人，他们并不会画画，但他们与画家颇多交游，熟悉画艺，精于鉴赏，写了不少题画诗，如黄庭坚、王安石、陈师道、陆游、陈与义、范成大等人。另一类诗人，兼擅书画，他们精谙画艺技法，写作题画诗更是得心应手，如苏轼、米芾、蔡肇、赵佶、赵孟坚等人。宋代后一类题画诗人的数量远远超过唐五代，这说明宋代画家开始注意为自己的画幅题诗。

这里，特别值得一提的是宋徽宗赵佶，他是一位精通诗、书、画的帝王，对题画诗的书写方式进行了重大改革。他选取自己的画幅（当代学者认为赵佶的某些画为画院高手所作）的空白处，用瘦金体书写一首自己创作的题画诗。根据对现存书画文物的考察，他的这一自画、自诗、自题的富有创造性的艺术举措，开一代风气，第一次将诗、书、画三种不同门类的艺术和谐地融合在一起，构成完美的艺术整体，开创我国画面题诗的新纪元，树立起我国题画诗史上崭新的里程碑。

宋代题画诗存留得很多。宋代题画诗还是沿袭唐五代题画诗另纸书写的模式，题画诗大多保存在宋人别集里，此外也见诸孙绍远的《声画集》、厉鹗的《宋诗纪事》。尽管赵佶已经开出画面题诗的风气，但宋人题诗于画面的画幅还很少见到。

宋代花鸟画空前发展，题写花鸟画的诗也特别多，现举出一些对后代很有影响的作品为例证。黄庭坚《题子瞻墨竹》："眼入毫端写竹真，枝掀叶举是精神。因知幻化出无象，问取人间老斫轮。"黄庭坚论东坡墨竹枝叶掀举，笔笔有生意，形神兼重，气韵与技法并重。诗的下半首称道东坡画竹"得心应手"，造诣精深，达到炉火纯青的境地。由宋代著名书画鉴赏家黄庭坚来评论苏东坡的墨竹画，当行本色，自然鞭辟入里，给人以有益的启发。宋徽宗赵佶擅画花鸟，他的题诗如《题芙蓉锦鸡图》："秋劲拒霜盛，峨冠锦羽鸡。已知全五德，安逸胜凫鹥。"又《腊梅山禽图》："山禽矜逸态，梅

附图一七　赵佶《腊梅山禽图》

粉弄轻柔。已有丹青约，千秋指白头。”（见附图一七）诗随画而盛传，既描写了画面形象，又由画面形象生发，运用“比德”说，表达诗人的心志。题画诗这种构思立意的思维模式，后人往往仿效。陈与义的《和张规臣水墨梅五首》（其三）：“含章檐下春风面，造化功成秋兔毫。意足不求颜色似，前身相马九方皋。”诗的一、二句，就水墨梅的画面形象着笔，再现了墨梅的姿容神韵。三、四句，由画面发出议论，借用九方皋的典故，赞美了华光和尚画水墨梅的高超造诣。陈与义的题诗，成为我国题画诗史上的一篇名作。范成大为黄居宷《雀竹图》题写的诗：“蔓花露下凝碧，丛竹秋来老苍。噪雀群争何事？幺禽自啭清篁。”诗句写出群雀的生意和真趣，将名画家黄居宷的花鸟画表现得十分传神。综观以上题诗，也可以见出宋代花鸟画题诗的艺术成就。

在众多宋代题画诗人中，苏轼是最杰出的一位。他在画学理论和美学思想上，倡导“诗画本一律”（《书鄢陵王主簿所画折枝二首》）的理论和追求“神似”的审美理想，反映了宋代文学艺术家的共同审美追求。他题写花鸟画的诗很多，如《惠崇春江晓景二首》、《墨花》、《书艾宣画四首》、《题杨次公春兰》、《次韵李端叔谢送牛戬鸳鸯竹石图》、《题过所画枯木竹石》、《王进叔所藏画跋尾五首》等。其中，以《书鄢陵王主簿所画折枝二首》(其一)："论画以形似，见与儿童邻。赋诗必此诗，定知非诗人。诗画本一律，天工与清新。边鸾雀写生，赵昌花传神。何如此二幅，疏淡含精匀。谁言一点红，解寄无边春。"《书晁补之所藏与可画竹三首》(其一)："与可画竹时，见竹不见人。岂独不见人，嗒然遗其身。其身与竹化，无穷出清新。庄周世无有，谁知此疑神。"两诗最为重要，因为东坡在这两首题画诗里阐发画论，表述了诗画融通的美学思想，强调绘画艺术的"天工与清新"，浑成自然，没有人为痕迹，流利新颖，不落俗套。苏轼真不愧是继王维、杜甫之后融通诗画艺术的又一位大家。

元　代

宋徽宗赵佶始创画面题诗以后，这种风气并没有马上在南宋盛行起来。直到元代，其风才大昌，许多画家自觉地题诗画上，甚至每画一幅必题诗其上。王士禛《带经堂诗话》曾说"倪云林(即倪瓒)每作画，必题一诗"。元人清楚地认识到题画诗的价值，倪瓒为赵荣禄的《马图》题诗时说："画成题咏两奇绝，价比连城明月珠。"所以，元代的题画诗比较多。顾嗣立《元诗选》、陈邦彦《历代题画诗类》较为集中地收录了元代题画诗。有人统计元代题画诗多达3798首(刘继才《论元代题画诗》，载《古典文学》1980年7月)，虽说这个数字并不准确，却也可由此看出元代题画诗兴盛的景况。

元代题画诗的兴盛与元代画学鼎盛密不可分。董其昌在《画禅室随笔》里说过："元时画道最盛。"张丑《清河书画舫》也说："近世谈画，例推元人为第一流。"元代文人画占据画坛主流，他们继承并发展了宋人的绘画思想和理论，提倡遗貌取神的审美追求，以诗、书入画，重视笔墨韵味，强调主观情兴的抒发。他们一扫院体画的陋习，创作比较自由，大多表现自身的生活环境、审美情趣和美学理想。元代画家多才多艺，能诗擅书，在他们的诗作中，题画诗所占的比重较大，这是我国题画诗史上前所未有的盛况。翁方纲《石洲诗话》说过："元代画家诸诗，如云林（倪瓒之号）、大痴（黄公望之号）、仲圭（吴镇之字），多属诸题画之作。"元代擅长诗文的文人，如邓文原、袁桷、虞集、张雨、杨维桢等人，受时代风尚的熏染，也旁及书画，与书画家交往频仍，共同切磋诗、书、画艺术。他们对书画艺术有较高的鉴赏水平，这也是元代题画诗繁荣的原因之一。

元人题画诗中，绝句最为出色。翁方纲就揭示过这种文学现象，说："元人柯敬仲（柯九思）、王元章（王冕）、倪元镇（倪瓒）、黄子久（黄公望）、吴仲圭（吴镇），每用小诗自题其画，极多佳处。此外诸家题画绝句之佳者，指不胜屈。"（《石洲诗话》）推究其原因有三：其一，题画绝句言简意赅，篇幅短小，体式灵活，占用画幅的空间较小，受到画家的普遍青睐。其二，题画绝句清思妙语，隽神远韵，容易发露诗人的性情，画家也往往藉助题画诗凸显画中深藏的笔墨意蕴。其三，题画绝句便于诗画艺术的交融，诗境从画境托出，诗思与画意相结合。翁方纲评论柯九思的题画诗时说："殆从画家清境托出。"（《石洲诗话》）论述的虽是一位画家题诗的美学特征，却带有普遍意义。

元代题写花鸟画的诗很多，这与元代花鸟画蓬勃发展有密切关系。元代前期名画家钱选、赵孟頫都善画花鸟画，兼擅诗歌创作。传世的钱选花鸟画幅上，都有题画诗，如藏于美国大都会博物馆的《梨花图》、藏于天津市艺术博物馆的《花鸟图》卷（画分三段，每段都自题七绝诗）。赵孟頫自题花鸟画的诗，题材多为梅竹，如《题所画梅竹幽兰水仙赠鹤皋》、《自题竹石图》、《兰竹》。《题画梅竹赠石民瞻》云：

故人赠我江南句，飞尽梅花我未归。
欲寄相思无别语，一枝寒玉澹春晖。

江南翠竹动成林，谁折寒枝寄赏音。
说与双清堂上客，萧然应见此君心。

两诗分写“梅”、“竹”。前诗巧借陆凯《赠范晔》诗的字面和诗意，寄此梅画赠石民瞻，抒写怀念友人的情愫。后诗脱开画面，巧借《世说新语·任诞》王徽之雅爱翠竹的故事，抒写自己高洁清逸的情致。赵孟頫还有许多题写其他画家画幅的诗：题钱选画的，有《题钱舜举折枝桃》、《题钱舜举着色梨花》；题高克恭画的，有《题高房山墨竹坡石图》；题李衎画的，有《题息斋竹》、《题李仲宾野竹图》。其中不乏佳作，如《题高房山墨竹坡石图》：

高侯落笔有生意，玉立两竿烟雨中。
天下几人能解此，萧萧寒碧起秋风。

高克恭的墨竹画，融书法笔意入画，潇洒有天然生意。子昂以自己深厚的书画功底和洞彻的鉴赏目光，从房山的墨竹画里体味到画家三昧，因而写成此诗，点明自己“能解”房山墨竹的神韵。结尾描写画幅间萧萧风生，送来阵阵凉意，以墨竹画的艺术效果暗示画竹的艺术美，高度赞扬了高克恭精湛的艺术造诣。

“四君子”画，在元代最为流行，元代花鸟画题诗也以此为主要题咏对象。善写花鸟画题诗的诗人，大略可分为两类。一类是擅画而又善诗的人。这类诗人当首推“元四家”中的吴镇和倪瓒，还有擅画梅花的王冕。吴镇善画墨竹，简淡萧远，有天成之趣，传世的《墨竹坡石图》、《多福图》、《筼筜清影图》，均可见其风韵。他的题写墨竹画的诗也非常精彩。《画竹》诗云：

叶叶如闻风有声，尽消尘俗思全清。
夜深梦绕湘江曲，二十五弦秋月明。

《题墨竹坡石图》：

与可画竹不见竹，东坡作诗忘此诗。
高丽老茧冰雪古，戏成岁寒岩壑姿。
纷纷苍霰落碧篆，谡谡好风扶旧枝。
狰狞头角易变化，细听夜深雷雨时。

这些诗思清语妙，简淡萧远，与画风相适应。

倪瓒的题画诗，在元人画家中最有成就，翁方纲评元诸画家时说“云林最有清韵”（《石洲诗话》），他还以云林题画诗作为评判其他画家的标准，论及顾瑛时说“题画足配云林”（同上）。倪瓒题写花鸟画的诗很多，最有声誉的当数《新雁题诗图》题诗：

十月江南未陨霜，青枫欲赤碧梧黄。
傍桡坐对寒山晚，新雁题诗小着行。

这幅画，融入杜牧的诗意，画中有诗。诗中的有些句意是从杜牧诗中脱化而来的，带有杜牧诗清新俊逸的风调。倪瓒又将画意升华成诗境，将新雁飞翔在明净秋空中的画意视做“新雁题诗”。云林融诗意入画，又将画意转换成诗境，纯熟地融通诗画艺术，达到水乳交融的境界。所以，王士禛说这首诗是倪瓒题画诗中“最佳”的一首（《带经堂诗话》），洵为不刊之论。此外，他的《画竹》：“吴松江水似清湘，烟雨孤篷道路长。写出无声断肠句，鹧鸪啼处竹苍苍。”《题水仙》：“晓梦盈盈湘水春，翠虬白凤照江滨。香魂莫逐冷风散，拟学黄初赋洛神。”《题棘禽筠石图》：“烟雨萧萧墨未干，幽禽枝上语春寒。玄元馆里多�石，饭饱临池自在看。”也都是融通诗画艺术，清神远韵、情致隽永的好诗。

王冕擅长画梅，也长于诗，郎瑛《七修类稿》：“（冕）平生嗜画梅，画成未尝无诗也。”他的墨梅诗中最负盛名的是《题墨梅图》：“吾家洗砚池头树，个个花开淡墨痕。不要人夸好颜色，只流清气满乾坤。”（文字据北京故宫博物院藏画）又有《红梅图》：“玉妃步月影毵毵，燕罢瑶池酒正酣。半夜不知香露冷，春风吹梦过江南。”翁方纲说他每用小诗自题其画，“极多佳制”（《石洲诗话》），确是的论。他的长诗《题墨梅图》（见附图一八）云：

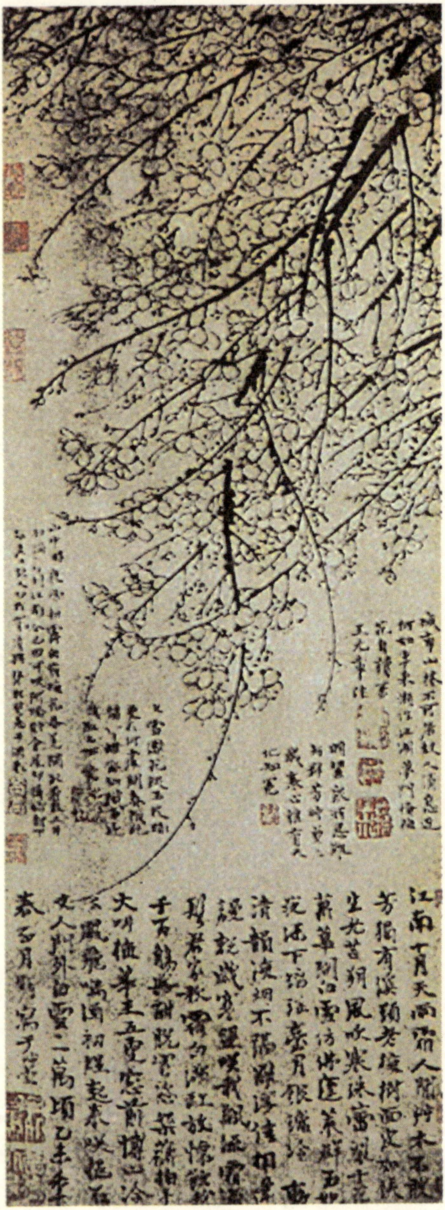

附图一八　王冕《墨梅图》

江南十月天雨霜，人间草木不敢芳。
独有溪头老梅树，面皮如铁生光芒。

朔风吹寒珠蕾裂，千花万花开白雪。
仿佛蓬莱群玉妃，夜深下踏瑶台月。
银珰泠泠动清韵，海烟不隔罗浮信。
相逢漫说岁寒盟，叹我飘流霜满鬓。
君家秋露白满缸，放怀饮我千百觞。
兴酣脱帽恣磅礴，拍手大叫梅花王。
五更窗前博山冷，么凤飞鸣酒初醒。
起来笑挹石丈人，门外白云二万顷。

全诗笔意纵横，清气充溢，极擅风致，“十指清气霏拂而成，如冷泉漱石，自成湍激”（翁方纲《石洲诗话》）。

另一类是精于绘画鉴赏的诗人，像虞集、杨维桢、贡性之、张雨等，也写作了许多题画诗。虞集（1272—1348），字伯生，祖籍蜀郡，父侨寓临川崇仁（今属江西），官至翰林直学士，兼国子祭酒、奎章阁侍书学士，是元代诗坛的佼佼者。虞集诗有唐人风，风调雅丽蕴藉。善写花鸟画题诗，较为著名的一首是《题高彦敬尚书赵子昂承旨共画一轴为户部杨侍郎作》：

不见湖州三百年，高公尚书生古燕。
西湖醉归写古木，吴兴为补幽篁妍。
国朝名笔谁第一？尚书醉后妙无敌。
老蛟欲起风雨来，星堕天河化为石。
赵公自是真天人，独与尚书情最亲。
高怀古谊两相得，惨淡酬酢皆天真。
侍郎得此自京国，使我观之三叹息。
今人何必非古人，沦落文章付陈迹。

关于高、赵两位著名画家合作《古木竹石图》的本事，陶宗仪的《南村辍耕录》有记载：

高文简公一日与客游西湖，见素屏洁雅，乘兴画奇石古木。数日后，文敏公为补丛竹。后为户部杨侍郎所得。虞文清公题诗其上云云。此图遂成三绝矣。

这首题诗，先总写高克恭画古木奇石、赵孟頫补出幽篁的雅举；再分写高克恭、赵孟頫古木幽篁画的气韵和真趣；最后总收，发表感慨，说文章（包括图画）容易流落散佚，成为陈迹，应当加以珍重保护。全诗亦寓有以古视今的深意。陶宗仪评说这幅合作画轴成为诗、书、画三绝，很有见地。虞集还有《饶世英所藏钱舜举四季花木》、《徽宗画梨花青禽图》、《题赠叶梅野》（柯九思画梅）、《竹杏沙头鸂鶒》、《葵榴双凫》等诗，都是诗笔流利、风调俊爽的佳作。虞集真不愧是有元一代的诗坛老宿。

贡性之的花鸟画题诗，也很值得一提。贡性之（生卒年不详），字友初，宣城（今属安徽）人，贡师泰族子，有《南湖诗集》。他常为王冕的画梅图题诗，因此，他的题梅花图诗特别多。《题画梅》云：

王郎胸次亦清奇，写尽孤山雪后枝。
老我江南无俗事，为渠日日赋新诗。

王郎日日写梅花，写遍杭州百万家。
向我题诗如索债，诗成赢得世人夸。

此外还有《题山农画梅》、《题画梅送友人》等。贡钦《南湖诗集序》云："时会稽王元章善画梅，得其画者谓无贡南湖诗则不贵重，故集中多咏梅诗。"

明　代

在明诗与明画蓬勃发展的催化下，明代题画诗也取得可喜的收获。熟知画理的诗人为他人题写了许多题画诗，如高启、张羽、祝允明、李东阳等人。有许多能诗的画家自题画幅，清思远神，更助画趣，如沈周、文徵明、唐寅、徐渭、董其昌、李日华等人。明人题画诗大多保存在各家别集中，也有些被收录入陈邦彦的《历代题画诗类》。明代还出现题画诗的专集，如李日华的《竹懒画剩》，题写自己的画作；李日华的《墨君题语》，题写他人的画作。又有书画题跋记专著，保存许多题画诗，如汪砢玉的《珊瑚网》、张丑的《清河书画舫》、朱存理的《珊瑚木难》、赵琦美的《铁网珊瑚》、郁逢庆的《郁氏书画题跋记》。此外，明人画迹传世的还很多，保存在海内外博物馆(院)及私人处，画幅上也存留了许多题画诗。

明代花鸟画的发展与花鸟画题诗的发展，并不是完全对应的，明初院画派画家边景昭、孙龙、林良、吕纪的花鸟画，很有成就，但是他们都不善于写诗，很少有花鸟画题诗传世。幸赖懂画的诗人为之题诗，用形象化的语言解读这些名画家的花鸟画，如吴宽的《边文进画山鹧鸪为辽阳邵令题》、杨荣的《题边文进花木翎毛》、高棅的《题边文进桃花双禽图》。边文进，即边景昭。又如吴宽的《林良鹭鸶图》、陈宪章的《题林良为朱都宪诚庵先生写林塘春晓图》、李东阳的《林良寒鸦图》。画家不善诗，幸而诗人替他们题咏画幅，既从事着将画境转换成诗境的艺术再创造活动，又为后人保留了原画的艺术风貌，很有意义。

明代花鸟画题诗可以在我国题画诗史上大书一笔的，是那些擅长诗歌创作的大画家的诗篇，代表人物有沈周、文徵明、徐渭，他们花鸟画数量多、质量高，在发展写意花鸟画方面作出了重大贡献；他们富有诗才，题写花鸟画的诗很多，多方位、多层面地交融着诗画艺术，对后代产生了深远的影响。

先说沈周。现存的《石田先生集》，收诗一千一百余首，还有许多散佚的诗，约计原集的一倍左右，各种书画题跋记专著和中外各大博物馆(院)和私家收藏的沈周画幅上，都可以裒辑到沈周的诗。石田诗初学唐人白居易，后又取宋人苏轼、陆游的长处，“挥洒淋漓”、“自写其天趣”(《四库全书提要》)。沈周善画水墨写意花鸟画，水墨淋漓，生气盎然，简淡雅逸，富有水墨韵致，物象精妙传神。他的花鸟画题诗，融通诗画艺术，充分体现出题画诗的艺术特质和自己花鸟画的美学特征。《题画牡丹写生》云：

老矣东风白发翁，怕拈粉白与脂红。
洛阳三月春消息，在我浓烟淡墨中。

用水墨画牡丹，墨色或浓或淡，风姿绰约。《画梧竹》：“画了梧枝又竹枝，绿阴如水墨淋漓。”用水墨写梧竹，气韵生动。沈周画花鸟，强调生意与天机。《庆云牡丹》诗云：“吉祥将落旧有恨，急借纸面图其生。”要画出牡丹的勃勃生意。他题孙艾的《木棉图》，称赞孙艾能得“天机流动之妙”。他题吴瑞卿的《染墨牡丹》：“吴生又与花传神，纸上生涯春不老。”赞扬吴瑞卿画上墨牡丹形象，为花传神。沈周的《枯木八哥图轴》上，八哥头部用墨较浓，毛羽轻柔丰润，与题诗“寒皋独立处，细雨湿玄冠”的诗意很切合。他的《雏鸡》图(见附图一九)，画一只雏鸡，用笔洗练，造形

附图一九　沈周《雏鸡》

简约，题诗“茸茸毛色半含黄”，写出画上嫩毛蓬松的形态，非常逼真。可见沈周的题画诗处处表现出自己花鸟画的美学特征，诗与画融合无间。他的花鸟画题诗还写出自己书画融通的美学思想。《花下睡鹅图》题诗云：

磊落东阳笔下姿，风流崔白未成诗。
鹅群本是王家帖，传过羲之又献之。

形象地写出书法与绘画可以互相融通的创作体验。《题文湖州竹枝》：“笑笑先生有遗竹，翛然画法妙兼书。千竿水石秋容合，一卷风云墨色虚。”撷出文同以书法笔意画竹的审美特征。如上所述，沈周题写花鸟画的诗，除了摹写画面具象，表现形象美，抒写情感，生动地表现自己水墨写意花鸟画的美学特征以外，更多的是将画学理论和美学思想作为自己的审美取向，通过题诗写出自己这方面的认识和体验，体现出更高层次的诗画融通的艺术思维规律。

文徵明是沈周的学生，亦善诗。他不仅花鸟画能承传和发扬乃师的艺术传统，花鸟画题诗也能继其余绪。文徵明也重视花鸟画的创作，主张要认真表现大自然的“生意”，其《漪兰竹石图卷》跋云：“昔赵子固写兰，往往联纸满卷，而生意勃然。”《花卉册》跋云：“大抵古人写生，在有意无意之间，故有一种生色。”他在花鸟画题诗中也常常咏及，如《松雪花鸟图》：“鸟呼花舞春舒舒，仿佛生意当庭除。”《画兰》：“至日弄闲笔，为君写幽兰。潜阳知已复，生意满毫端。”《画兰石》：“碧叶紫英香馥郁，盎然春色浩无涯。”这种重视“生意”的画学思想，来自沈周。此外，文徵明的《霜柯竹石图》题诗云（见附图二〇）：

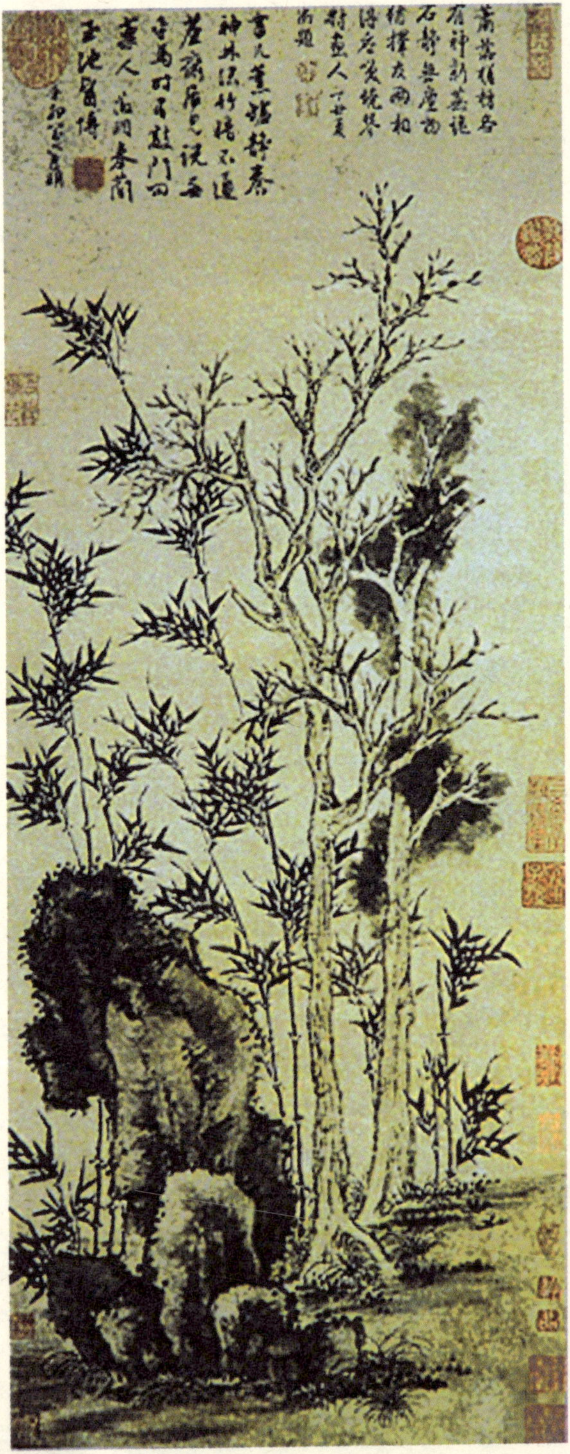

附图二〇　文徵明《霜柯竹石图》

书几熏炉静养神，林深竹暗不通尘。
斋居见说无车马，时有敲门问药人。

《题王澹轩画》：

江上芙蕖缀似云，一双灵鸟蘸寒滨。
披图拭目忘忧色，欣仰前贤笔有神。

《次韵题水墨杏花》：

青蘋流水影丛丛，不独诗工画亦工。
见画却怜诗在眼，凤箫声断月明中。

《画鹊》：

日光浮喜动檐楹，鸟鹊于人亦有情。
小雨初收风泼泼，乱飞丛竹送欢声。

附图二一　徐渭《岁寒三友图》

这些题写花鸟画的小诗，神情超旷，清真妍秀，自多逸韵，写出画中诗意，真是“高逸诗中画，清新画中诗”(胡缵宗《赠文待诏徵仲》)，冠绝群彦，蜚声诗画界。

徐渭很看重自己的诗歌创作，曾说：“吾书第一，诗二，文三，画四。”(陶望龄《徐文长传》)他的诗，很有特色，狂放不羁，与他的画风很吻合。他作画时用笔纵横奔逸，水墨淋漓酣畅，他的花鸟画题诗也有类似的风格。试看《岁寒三友图》题诗(见附图二一)：

罗浮仙子喷香风，万壑惊涛舞玉龙。
君子同心坚岁晚，不随桃李逐春融。

《五月莲花图》题诗：

五月莲花塞浦头，长竿尺柄插中流。
纵令遮得西施面，遮得歌声渡叶不？

《顾御史索画竹》：

醉墨淋漓洒麝香，垂梢劲箓入云长。
都成摆凤萧娘影，好试栖乌御史霜。

《墨葡萄图》题诗：

半生落魄已成翁，独立书斋啸晚风。
笔底明珠无处卖，闲抛闲掷野藤中。

读徐渭的花鸟画及其题诗，似乎可以看到他醉态酩酊，气势磅礴，放笔挥洒，满腔愤闷随着笔墨喷薄而出的形象。磊砢居居士《四声猿原跋》："徐山阴，旷代奇人也，行奇，遇奇，诗奇，文奇，画奇，书奇。"徐渭画风潇洒奔放，诗风狂放恣肆，字势跌宕超绝，使诗、书、画在"奇"的审美特征上巧妙地、和谐地统一于一个整体中。徐渭的花鸟画题诗卓然特出于题画诗史上，后代只有郑燮能得其神髓。

明代开始出现题画诗专集，如范迁的《曼翁题画诗》、赵澄的《题画诗》，可惜这些专集仅存目，未传世。现存的有李日华题写自己画作的《竹懒画剩》和题写他人画的《墨君题语》。李日华(1565—1635)，字君实，号竹懒，室名紫桃轩、六研斋、味水斋等，嘉兴(今属浙江)人。善诗文，工书画，善画山水、梅竹。李日华的画传世的很少，周亮工《读画录》："知先生精绘事，遍觅其手迹，不可得。"周亮工为清代前期人，已经发出这样的感慨。而《竹懒画剩》却录存了他的许多题画诗、跋，从中亦可以窥见李日华绘画的题材内容、画象画境、画家三昧。他的题写花鸟画的诗，如《白描梨花》：

雨香云淡月霏微，薄薄铅华浅碧衣。
却似道山春宴罢，水晶帘下拜安妃。

《丁卯新正三日写梅》：

檀口粉腮含笑语，春风拂拂为开怀。
酒人得此添狂兴，诗句从天泼下来。

诸诗皆妙极，清新可读。《墨君题语》是李日华为鲁得之画所作的题诗和跋文。鲁得之，字孔孙，号千岩，善画兰竹。此书所录题诗，大多为题写鲁君墨竹之作，间有题写鲁君画松、画兰之作。又有李肇亨的《醉鸥墨君题语》（或与李日华的《墨君题语》合为一书，分为上、下卷），亦是专为鲁得之画题写的诗、跋。李肇亨，字会嘉，号醉鸥，李日华之子。辑集个人题画诗专集的习气，到了清代，风靡一时，下一节将要详述。

明代深知画理且常与画家交往而又有大量题画诗传世的诗人很多，如高启、刘崧、陶宗仪、解缙、杨士奇、李东阳、程敏政、吴宽、祝允明、杨慎、王世贞等人，我们择要介绍两位代表性诗人。

高启（1336—1374），字季迪，号青丘子，长洲（今江苏苏州）人。入明，授翰林院编修，擢户部侍郎，以不善理财而固辞归故里。其诗才气高逸，笔健辞秀，兼善诸体，绝句尤绰有唐人风，实有明一代诗宗。有《高太史大全集》。集中题画诗甚多，涉及的画科很广，山水、人物、花鸟、竹石、草虫，多所题咏；涉及前代及当代画家很多，题咏过黄筌、巨然、米元晖、赵佶、马远、夏圭、钱选、黄公望、倪瓒、吴镇、朱泽民、徐贲等人的画作。他亦有许多题咏花鸟画的小诗，如《题王翰林所藏画兰》：

春到怀王旧渚宫，沙棠舟去水烟空。
孤丛不有幽香发，应没江边百草中。

《题三香图》：

罗浮洛浦与潇湘，三处离魂一本香。
梦断月明秋渺渺，缟衣何短翠裙长。

《倪元镇墨竹》：

倪君好画复耽诗，瘦骨秋来似竹枝。
前夜梦回如得见，纸窗斜影月低时。

诸诗清迥有逸气，绵邈哀怨，寄托深蕴，非徒然摹写画面具象而已！

祝允明（1460—1526），字希哲，号枝山，长洲（今江苏苏州）人。擅书法，善诗，与唐寅、文徵明、徐祯卿合称“吴中四才子”。弘治五年（1492）举人，屡试进士不第，补广东兴宁知县，迁应天府通判，不久告病归乡。与吴中文士过从甚密，常为画家题诗。诗学六朝、晚唐，造语颇妍，小诗雅有韵致。他的花鸟画题诗很能见出他的诗风，《题何大参菊花图卷子》：

花有仙灵笔有神，化权终不在阳春。
一般秋色成千品，前度桃花却后尘。
谁信珠玑颜色好，独怜霜雪性情亲。
菊诗万首从君选，未必微篇愧古人。

《戏题子畏墨竹》：

唐郎写竹如写字，正以风情韵度高。
我解平章不能写，未曾分得凤凰毛。

《题詹仲和墨竹》：

湖州逸法共东坡，友石于今不可过。

一段天机真假际，詹公妙手即詹何。

妍雅宛转的诗句中，写出画家们绘画艺术的审美特征以及自己对书画艺术融通的真切体验，切莫以普通题诗而小觑之！

清及近代

清代的诗学，受到社会政治的深刻变革和文化思想的急剧演化的推动，发生了革故更新的嬗变，出现了许多新面貌、新境界：王士禛注重抒写真感情，标举“神韵说”；袁枚强调要有真性情，倡导“性灵说”；龚自珍重视诗歌的个性精神；黄遵宪倡导诗界革命。清代题画诗全面反映出清代诗坛不断嬗更变革的新境界，也体现出清代画坛异彩纷呈的新面貌，广泛吸取前代题画诗的艺术营养，题材广阔丰富，数量繁富，质量高超，犹如百川汇海，呈集大成之势，成为我国题画诗史上最为辉煌的历史阶段。清代许多著名诗人，如钱谦益、朱彝尊、王士禛、袁枚、黄遵宪等人，都写过很多题画诗；而许多著名画家也长于吟咏，作画之余每每题诗，如龚贤、弘仁、朱耷、石涛、恽寿平、吴历、金农、郑燮、黄慎、李鱓、吴昌硕、蒲华等人。清人题画诗，大多被保存在各家别集、总集和题画诗专集里。清人的题画诗专集特别多，如石涛的《大涤子题画诗跋》、王愫的《题画诗钞》、奚冈的《冬心庵题画绝句》、钱杜的《松壶画赘》、居巢的《今夕庵题画诗》、顾修的《读画斋题画诗》、瞿应绍的《月壶题画诗》，真是不胜枚举。此外，有些题画诗还被记录在书画题跋记专书里，如高士奇的《江村消夏录》，卞永誉的《式古堂书画汇考》，金瑗的《十百斋书画录》，王杰、董诰等的《秘殿珠林》、《石渠宝笈》，张大镛的《自怡悦斋书画录》，潘正炜的《听帆楼书画记》，顾文彬的《过云楼书画记》，顾麟士的《过云楼书画续记》，蒋光煦的《别下斋书画录》，陆心源的《穰梨馆过眼录》等。至于传世的清人画迹，则比以往任何时代都要多得多，今被完好地保存在海内外各大博物馆（院）及私人处，画幅上的题诗，往往未收入画家别集里，所以这更是清代题画诗的渊薮，值得珍视。

清代初年，以花鸟画驰名画坛的是“清初六大家”中的恽寿平。恽寿平是一位画家兼诗人，可惜他的诗名被画名所掩，诚如庄嵋生《读六逸诗有感·恽格》中所言：“可惜盛名下，诗为丹青掩。”他是继王维、苏轼、沈周之后又一位善于交融诗画艺术的伟大艺术家。“以诗为画”、“以画为诗”、“诗中有画”、“画中有诗”，在恽寿平的诗画艺术作品中，处处体现出诗画艺术融通、渗透的精神特质。《南田画跋》卷四云：

> 乙卯春，观传翁先生所藏唐解元《梅花》，真有扬补之遗意。其自题古风，超逸清宕，视彼雕绘为工者，不啻天渊，足与梅花寒姿瘦骨相映。

唐寅的《梅花》图及其题诗，画意与诗境相映发，恽寿平从中汲取营养，孕育自己的诗画意趣，诗与画得到多层次的交融和促进。恽寿平于癸丑年（康熙十二年，公元1673年）客游杭州，于荻港观鱼，因仿赵孟頫画意，画作《落花游鱼图》，并赋《落花游鱼曲》，题于画上，蒋光煦《瓯香馆集》卷三：

> 赵承旨画《落花游鱼图》，题诗云：“（略）。”此帧已归广陵王氏，不可复得。癸丑予客西泠，往来湖滨，蘋滩荻港，绿堤花岸，可以澡雪尘襟，驰荡藻思。每当风日暄和，碧水澄明，游鱼可数，辄忆文敏所图，悠然自乐，因仿佛为之，并赋落花游鱼之曲，以当乐府田田叶下之歌云：
>
> 澄波如镜，散红如霞。
>
> 沙粼粼，云弥弥，菰蒲相加。

繁春风兮，于水之汀云之涯。

藻动不见底，荇带清可怜，

鲦鱼游其间。

愿得惠子兮，从我乎濠上之观兮！

南田的题跋，情文并茂，优美生动，充满诗情画意；南田的题诗，与画幅互相融通、渗透，达到水乳交融的境界。

恽寿平《设色花卉卷》题诗：

香气蒸霞点墨新，仙山能作四时春。

霜纨留得东风影，长伴松窗宴坐人。

绮云遐想在弦琴，醉拥千花听夜吟。

乘兴定翻新乐府，紫薇花月闭门中。

《设色牡丹图》题诗：

点笔能通造化师，何曾识曲遇钟期。

最怜墨汁全无用，丹粉争传大折枝。

以上这些诗，诗人脱出画面具象，纯以虚想着笔，又处处回叩绘画艺术，意象空灵，诗境浑灏，充分表现出诗画艺术融通后的新境界。

蒋光煦《瓯香馆集·凡例》说："然题画小诗，本多信笔。"蒋氏微露轻忽之意。详审恽寿平题写花鸟画的小诗，足见蒋氏的说法是不公允的。试看《梨花红药》扇题诗（载《壮陶阁书画录》）：

璧月玲珑翠帐开，轻霞天际护楼台。

红罗白纻还同舞，桃叶梨云亦并来。

《芙蓉图》题诗（载《壮陶阁书画录》）：

晚凉思饮两三杯，召得江头酒客来。

莫怕秋花伴醉物，水莲开尽木莲开。

《牵牛花图》题诗(载《古缘萃录》)：

银汉初移漏欲残，步虚人倚玉阑干。
仙衣染得天边碧，乞与人间向晚看。

恽寿平不仅开创我国花鸟画的新局面，也开拓出花鸟画题诗的新境界。他运用律绝体诗题画，尤以五、七言绝句为多，其诗笔墨灵动，想像丰富，发露画意，抒写情性，融通画美与诗美，洵为题画佳作。

如上所述，恽寿平的花鸟画题诗，应在我国题画诗史上占有重要地位。

清初四画僧中，八大山人和石涛创作的花鸟画较多。八大山人是明宗室后裔，处于明清易代之际，他是很痛苦的。陈鼎《八大山人传》云："初则伏地呜咽，已而仰天大笑，笑已，忽跃踟踊跃，叫号痛哭，或鼓腹高歌，或混舞于市，一日之间，颠态百出。"形容八大山人于明亡后悲痛万状、激愤异常的精神状态，很真实。他的怪奇的画象、画境，正是他情绪的流露，他的题画诗，真切地表达了自己的民族意识和遗民心态。《题古梅图轴》：

得本还时末也非，曾无地瘦与天肥。
梅花画里思思肖，和尚如何如采薇？

分咐梅花吴道人，幽幽翟翟莫相亲。
山南之南北山北，老得焚鱼扫虏尘。

《题梅花图册》：

三十年来处士家，酒旗风里一枝斜。
断桥荒藓无人问，颜色如今似杏花。

郑燮非常准确地揭示出画僧八大山人诗画艺术里流动的忧思和悲愤，因而写出这样的诗句：“国破家亡鬓总皤，一囊诗画作头陀。横涂竖抹千千幅，墨点无多泪点多。”(《题屈翁山诗札石涛石谿八大山人山水小幅并白丁墨兰共一卷》)

八大山人还常借用佛家语，将禅语写入题画诗，传达自己的情思和审美体验，如《传綮写生册·题画牡丹》(见附图二二)：

尿天尿床无所说，又向高深辟草莱。
不是霜寒春梦断，几乎难辨墨中煤。

诗中的“尿天”、“尿床”，均骂人语，语出《五灯会元》。全诗借着题写墨牡丹画的机会，发泄生不逢时的怨愤，意谓如果不是清朝夺

附图二二　八大山人《传綮写生册·牡丹》

据大明江山，使身为贵族的自己沦落民间，追求野逸画风，走水墨写意花鸟的艺术道路，也许还不会认清墨牡丹的艺术价值呢！《传綮写生册·题瓜》：

无一无分别，无二无二号。
吸尽西江水，他能为汝道。

“吸尽西江水”，语出《五灯会元》。全诗意谓要有满腹渊博弘深的学识，才能下笔有神，更不用说画一幅画、两幅画，形象地写出画家须有学养的人生体识。

石涛花鸟画题诗的成就比八大山人高。石涛晚于八大山人十七年，遗民意识比之淡薄得多，因而，其题诗更多地将审美视角投向艺术形象，着意表现画面具象的形象美，如《山水花卉图册·芙蓉》：

秋水江楼弥洁，芙蓉曲岸生文。
小立坡头如画，夕阳影落缤纷。

题诗用侧面着笔之法，烘托出画面芙蓉临水照影、娇艳柔美的风姿，正面不着一笔。《花卉图册·月季》题诗：

一样花枝色不匀，偏教野趣闹残春。
分明香滴金茎露，更比荼蘼刺眼新。

诗人描写画上月季花的色泽、馨香、野趣，全方位地刻画月季形象的秀美。又如《题画墨荷》：

不见峰头十丈红，别将芳思写江风。
翠翘金钿明鸾镜，疑是湘妃出水中。

石涛将墨荷比拟成湘水中的湘妃，想像她在明镜中梳妆，佩上翠翘金钿，清雅明净，以此悉心刻画墨荷之美。

石涛精于画理，他的很多题画跋语体现出自己对画艺三昧的深刻理解。他的题写花鸟画的诗，也将审美取向对准绘画的艺术规律，用诗的形式写出自己的创作经验。他经常写到“画兴”对创作的重要作用，如《画梅石竹子》：

苔色水声千丈画，梅花竹子一山诗。
予生徒向风尘老，烂醉挥毫有是痴。

《题兰》：

根盘石上缘幽谷，花为王香已旧时。
笑倒清湘痴太绝，墨浓笔饱兴淋漓。

诗句写出自己癖好梅、兰、竹的痴情，意到兴来时挥毫泼墨作画的神情，笔墨淋漓，诗蕴真情。他的《竹林莲沼》题诗：

墨团团里黑团团，墨黑丛中花叶宽。
试看笔从烟里过，波澜转处不须完。

石涛通过题诗告诉大家，这幅墨荷用泼墨法写出，他用浓淡变化的墨色画出荷叶荷花，宽舒有序。转笔处，他要大家透过虚灵的笔墨技巧造成的“波澜”中，看到自己给人留下的想像空间。“不须完”，不须完备，不应面面俱到，这正是石涛从艺术规律中深悟出来的创作心得。《竹石菊图》题诗(图藏北京故宫博物院)(见附图二三)：

附图二三　石涛《竹石菊图》

兴来写菊似涂鸦，误作枯藤缠数花。
笔落一时收不得，石棱留得一拳斜。

画家乘兴画菊，形如幼儿涂鸦，真率而有韵致。写菊，不求其形似，只是乘兴而已，误作“枯藤缠数花”。石涛在《泼墨菊花》一段题识中对此“误”字作过精微的阐释：“昔人作画，善用误墨，误者无心，所谓天然也。”本诗的前两句写出自己画菊追求天真自然的审美意趣。后两句，说本来要留出位置画有棱角的岩石，然而笔势纵逸，收勒不住，留下了“拳斜”的空间，只能画“拳斜”的岩石。石涛在此说出一个画理：画笔随画家的“意兴”挥洒，可以打破预先的布局。这种题画诗，不去摹写画面具象，再现画境，却深化到理性的层面，表现出自己的创作体验和艺术规律，不可等闲视之。

清代中期，崛起于扬州画坛上的“扬州画派”中，擅画花鸟画的画家很多，擅写花鸟画题诗的人也很多，他们几乎人人善画花鸟，人人擅长吟咏。其中当以金农和郑燮最有特色，也最具代表性。

金农在艺术上竭力反对“泥古不化”，提倡个性解放，追求鲜明的艺术个性，造型古拙简朴，有“奇古气”（秦祖永《桐阴论画》），脱尽画家陋习，形成自己的独特风格。金农工诗，“新辞隽语，妙有风裁”（方薰《山静居论画》），配上自创的古拙厚重、富有金石味的“漆书”，诗、书、画熔于一炉，成为一个完整的艺术整体。他的花鸟画题诗很多，存留在《冬心先生画梅题记》、《冬心先生画竹题记》《冬心先生杂画题记》中。他的《冷香出墙图》题诗（见附图二四）：

数树梅花破俗，冷香恰称清贫。
旧家门径不改，莫道此中无人。

《墨竹图挂轴》题诗：

雨后修篁分外青，萧萧如在过溪亭。
世间都是无情物，只有秋声最好听。

附图二四　金农《冷香出墙图》

前诗，写家中梅，蕴涵乡思；后诗，写亭边竹，语含深情，诗语清新隽永，的是金农本色。

郑燮的诗、书、画都很有成就，张维屏《松轩随笔》说：“板桥大令有三绝：曰画、曰诗、曰书。”郑燮写诗主张“直摅血性为文章”(《偶然作》)，要直接写出自己看到、听到的各种社会现象，“流露灵府”，写出自己的情感。他的花鸟画题诗也体现这种精神。可以从两方面加以分析：一是“直摅血性”方面。他的题画诗，直抒自己的性情，表现他对现实社会的各种看法，如《潍县署中画竹呈年伯包大中丞括》：

衙斋卧听萧萧竹，疑是民间疾苦声。
些小吾曹州县吏，一枝一叶总关情。

表露自己关怀民生疾苦的心声，情真意切。《墨竹图》题诗：

咬定青山不放松，立根原在乱岩中。
千磨万折还坚劲，任尔东西南北风。

社会险恶，到处是“风”。诗句以竹喻人，赞扬那些不怕千磨万击、意志坚定的人，包括诗人自己在内。《墨兰图轴》题诗(见附图二五)：

素心兰与赤心兰，总把芳心与客看。
岂是春风能酿得，曾经霜雪十分寒。

小诗比物以德，形容那些经过艰苦环境历练的人，将自己的一片真心贡献给他人。

二是表达审美追求方面。板桥擅画兰竹，他对兰竹形象的总体审美要求是简淡清瘦。《墨竹图轴》题诗：“一两三枝竹竿，四五六片竹叶。自然淡淡疏疏，何必重重叠叠！”四句诗，集中写出画竹“简淡”的特征。另一幅《墨竹图轴》题诗：“无多竹叶无多干。”《墨竹图》题诗：“画竹意在笔先，用墨干淡并兼。”也都谈到画竹“简淡”的问题。《竹石图轴》题诗：“冗繁削尽留清瘦，画到生时是熟时。”《瘦竹图》题诗：“一枝瘦竹何曾少，十亩丛篁未是多。”《墨竹图轴》题诗：“无多竹叶无多干，自有清风纸上飘。”这些诗句，明白地写出自己画竹追求“清瘦”的美学特征。

附图二五　郑燮《墨兰图轴》

近代画坛上出现赵之谦、蒲华、吴昌硕三位巨匠，均擅画花鸟画。赵之谦在画上很少题诗，而蒲华和吴昌硕均善诗，堪称我国题画诗史上两位重要的殿军。

蒲华很有诗才，他虽比吴昌硕大十二岁，但两人气类相近，交往甚密，常合作作画，也相互题诗。吴昌硕论其诗：“其襟怀之洒落，逾恒人也。如斯，所作诗类见于题画，快捷如风，援笔立就，疏宕之气，播为天籁。”(《芙蓉庵燹余草序》)洵为知音。蒲华喜画墨竹，水墨酣畅，笔势奔行无滞，富有韵致，他的《风声雨声墨竹图轴》题诗(见附图二六)云：

风声雨声琅玕声，夜来恰得秋满庭。
君家不可不看此，一节一节高青青。

诗作运思快捷如风，与画幅之奔行气势、书法之迅疾畅达融为一体，真是好诗。蒲华的《梅石图》题诗：

妩媚偏饶铁石肠，广平一赋韵铿锵。
罗深梦醒哑然笑，画到梅华笔也香。

《菊石图》题诗：

天生傲骨寄东篱，帝国平居有所思。
莫向秋风愁老大，晚香劲节自扶持。

附图二六　蒲华《风声雨声墨竹图轴》

《题吴俊卿花卉图轴》：

天台是否洞多栽，漫说瑶池结实来。
惆怅三千年后事，画中香艳满怀开。

他的这些题画诗，绝不粘煞物象，而是脱开画面立意，确实充满疏宕之气，诗境空灵清幽，是花鸟画题诗中的上乘之作。

吴昌硕是近代画坛上最擅诗名的画家，汪国垣《光宣诗坛点将录》评吴昌硕：“诗笔健举，题画诗尤工。”陈衍《近代诗钞》：“书画家诗，向少深造者，缶庐出，前无古人矣。”充分肯定了书画家吴昌硕在我国诗史、题画诗史上的地位。

吴昌硕的绘画成就主要表现在花鸟画上，同样，他的题画诗的突出成就也集中地反映在他的花鸟画题诗上。缶庐自谓“画红梅要得古逸苍冷之趣”(《巨幅红梅》题诗序)，古逸苍冷之趣也就是他题画诗的总体审美追求。《缶庐别存》载其《古梅》一诗：

客有言大庾岭古梅，齐梁时人植。花开，香闻数里，碧藓满身，龙卧岩壑间。一夕，为雷火烧而枯，作薪久矣。山中老道人能指其处，述其状甚异。客去，以败笔扫虬枝，倚怪石，夭矫骇目。虽非庾岭千数百年物，亦岂寻常园林山谷所有。老缶画梅十年，从无此得意之笔。长歌激越，庭树栖鸟皆惊起，安得浮大白，与素心人共赏之。

老梅夭矫化作龙，怪石槎牙鞭断松。
青藤老人画不出，破笔留我开鸿蒙。
老鹤一声醒僵卧，追蹑不及逋仙踪。
拼取墨汁尽一斗，兴发胜饮真珠红。
濡豪作石石点首，倚石写花花翻空。
山妻在旁忽赞叹，墨气脱手椎碑同。
蝌蚪老苔隶枝干，能识者谁斯与邕。
不然谁肯收拾去，寓庐逼仄悬无从。
香温茶熟坐自赏，心神默与造化通。
霜风搴帷月弄晓，生气拂拂平林东。

全诗着力描写画面上大庾岭古梅夭矫的姿态、狂逸的笔势，也描绘了自己“兴发”作画时狂放豪宕的气概和神态。这里，诗境与画境相通，画家心神与天地造化相通，怪异夭矫的古梅画象与崎嵚怪逸的画家形象相通，诗语峻峭奇崛，骨气奇高，真正体现出缶庐题画诗的“古逸苍冷之趣”。他的《墨荷图》题诗(见附图二七)：

荷花荷叶墨汁涂，雨大不知香有无。

附图二七　吴昌硕《墨荷图》

频年弄笔作狡狯，买棹日日眠菰芦。
青藤白阳呼不起，谁真好手谁野孤。
画成且自挂粉壁，溪堂晚色同模糊。

题诗表现画幅之生意，诗意古趣盎然，诗笔苍健老辣，很能传达出吴昌硕题画诗的本色。吴昌硕的许多花鸟画题画绝句，也能表现出“古逸苍冷之趣”的风格特征来，如《墨竹》题诗：

支离奋臂墨沾衣，写罢修篁紧掩扉。
犹恐夜深风雨至，一枝化作碧虬飞。

“墨沾衣”的细节，写出画家作画时豪纵奔放之态；“碧虬飞”的形象，写出画竹的动态效果，极有力度，诗句自然透出苍劲之气、狂逸之趣。《墨梅》题诗：

空山梅树老横枝，入骨清香举世稀。
得意忘言闭门处，墨池冰破冻虬飞。

缶庐在题诗的小序里说，野梅“不受剪缚”，长得“古怪奇崛”，所以自有一种天然自得之趣。画得其趣，不加雕饰，直率自然；诗也得其趣，疏野幽淡，有苍冷之古趣，有清逸之气韵，真正表达出吴昌硕花鸟画题诗的审美特征。

三、花鸟画题诗的美学特征

题画诗除了具有诗歌创作一般的共性以外，还有自身的艺术特质，呈现出与一般题材诗歌不同的美学特征；而花鸟画题诗又有自身的个性，与其他画科题诗有很大的区别。下面，笔者撷出花鸟画题诗的七大特征，即比德性、审美性、警示性、愉悦性、喜庆性、拟人性和凸显性，加以详细论说，帮助读者全面深入地理解花鸟画题诗独特的美学特征。

比物以德

早在先秦时期，我们的祖先在对自然美的欣赏上，经常将自然美和人的精神、道德、情操联系起来，形成了“比物以德”的自然审美观念。两千多年来，诗人、画家都自觉地从自然界中的动物、植物中创造出诸多艺术形象，并赋予它们人的情感、德性，形成比德的审美性格，寄托着诗画家自己的心灵。例如，古人认为“鸡”有文、武、勇、仁、信五种德性，语见《韩诗外传》：

> 首戴冠者，文也；足傅距者，武也；敌在前敢斗者，勇也；得食相告，仁也；守夜不失者，信也。鸡有此五德。

赵佶在题写《芙蓉锦鸡图》诗时，就把这种观念写入诗中：“已知全五德，安逸胜凫鹥。”“凫鹥”是《诗经·大雅》里一首诗的篇名，《毛诗序》说它是歌颂周成王“守成”的作品。赵佶借此宣扬北宋王朝的统治五德俱全，可以胜过周朝的“安康盛世”。又如古人称赏荷花性高洁，宋周敦颐《爱莲说》云：

> 出淤泥而不染，濯清涟而不妖，中通外直，不蔓不枝，香远益清，亭亭净植，可远观而不可亵玩焉。

所以元人吴澄《题曹农卿双头莲图》说：“花中君子濂溪独。”明吴宽《为周郎中公瑞题观莲图》:“平生比德是君子。”他们都将莲花比做君子。

比德说在花鸟画题诗中运用得非常广泛，最为典型的例证，便是“岁寒三友”和“四君子”画上的题画诗。

在我国诗画艺术中，“岁寒三友”的艺术群象受到历代艺术家的普遍钟爱。以此为题材内容的诗歌、绘画作品层出不穷，异彩纷呈。“岁寒三友”的形象创造并不是一蹴即就的，而是经过唐、宋两代许多诗画艺术家的不断探索才逐步完成的。松、竹、梅作为单一的艺术形象，早就进入诗人、画家的笔下，然而，将这三者组合在一起，构成艺术群象的，当是唐朝诗人朱庆余。其《早梅》诗云：

天然根性异，万物尽难陪。
自古承春早，严冬斗雪开。
艳寒宜雨露，香冷隔尘埃。
堪把依松竹，良途一处栽。

诗人最早将松、竹、梅三种植物联系起来，明确表现了它们异形同质的自然属性：同具傲霜雪的“岁寒心”。北宋时代，苏轼称赞文同的《梅竹石画》“梅寒而秀，竹瘦而寿，石文而丑，是谓岁寒三友”(罗大经《鹤林玉露》引)。东坡称梅、竹、石为“岁寒三友”，没有松，却有石，可见北宋时这个艺术群象尚未定型。直到南宋时代，诗人和画家才真正明确地将松、竹、梅这三种耐寒的花木结合在一起，画入画幅，写入诗中，以“岁寒”象征人世的磨难和困境，以松、竹、梅耐寒的自然属性象征人不畏艰难的品格，赋予这些审美形象以人的品德美，使之具有鲜明的“比德”性格，完成了“岁寒三友”的形象创造。王十朋《十月二十日买梅一株颇佳置于郡斋松竹之间同为岁寒三友》:“南来何以慰凄凉，有此岁寒三友足。”南北宋之交的扬无咎，擅画墨梅，也画松竹，他将松、竹、梅画在一幅画上，名为《岁寒三友图》，楼钥为之题诗一首：

梅花屡见笔如神，松竹宁知更逼真。
百卉千花皆面友，岁寒只见此三人。

南宋末年的赵孟坚，喜画“岁寒三友”的题材，他有两幅《岁寒三友图》传世，一藏北京故宫博物院，一藏上海博物馆，绢本团扇。至此，“岁寒三友”艺术群象已经定型，后代很多诗人、画家都以此写入自己的诗画作品中。

明唐寅《岁寒三友图》自题诗：“松梅与竹称三友，霜雪苍然贯岁寒。”李日华《题戏写松竹梅小帧》：“予交三君子，气韵各有适。及其风雪中，同凛岁寒色。”清恽寿平《岁寒三友》：“以尔为三友，真能傲众芳。自留苍翠色，努力饱风霜。”诗画中的“岁寒三友”艺术群象，传承不息，源远流长。

梅、兰、竹、菊四种绘画形象，被画家称为“四君子”。这与我国传统的“君子比德”的自然审美意识有密切关联。“君子”，本是中国文化中对才德优异、人格高尚者的象征性称谓。古人认为梅、兰、竹、菊四种植物节劲心贞、标格清雅，有“君子”之风。

唐宋璟《梅花赋》：“贵不移于本性，方有俪于君子。”元王冕《梅花传》：“观其清标雅韵，有古君子之风焉。”这是梅花的“君子”之称。

宋黄庭坚《书幽芳序》：“兰甚似乎君子！”郑思肖画过一幅墨兰长卷，题云：“纯是君子，绝无小人。”这是兰的“君子”之称。

唐刘禹锡《庭竹》：“依依似君子，无地不相宜。”皮日休《公斋咏新竹》：“愿禀君子操，不敢先凋零。”这是竹的“君子”之称。

宋范成大《范村菊谱序》：“山林好事者，或以菊比君子。”刘克庄《题建阳马君菊谱》：“菊之名著于周官，咏于诗骚，植物中可方兰桂，人中惟灵均、渊明似之。”灵均即屈原，渊明即陶潜，两人为人中之君子也。这是菊的“君子”之称。

四种植物都被人称为“君子”，将这四种植物描绘成图，集合在一起，或则组合起来构成一幅画，称为“四君子”图。这个美称，明确地标识着这类绘画作品的比德意义。

“四君子”图分为两大类型。

第一类，画家以梅、兰、竹、菊作为表现题材，用设色或水墨分别画作梅图、兰图、竹图、菊图，泛称为“四君子”图。宋代画史、画论中，还没有“四君子”图这个专有名词出现，可见它们是后人根据“四君子”图的艺术特质加上去的。唐宋时代画作这类题材的作品已日益增多。至元代，画作“四君子”图的人特别多，题画诗也随之而增多。这种共称，一直延续到清及近代，钱谦益有《题四君子图》，图为四幅，松、竹、梅、兰（易菊为松）各一幅，钱氏为四图各题诗一首。日本东京国立博物馆藏苏廷煜《四君子图册》（见附图二八），共十二页，每幅分别画墨竹、墨梅、墨菊、墨兰。

附图二八　苏廷煜《四君子图册》

第二类，画家将梅、兰、竹、菊四种花卉画在一幅画上，构成艺术群象，成为名副其实的“四君子”图。可以说，这类“四君子”图，是对这一艺术群象的专称。这类艺术群象，不仅文献记载很罕见，传世的画迹也很少见到。日本大阪市立美术馆藏罗清《四君子图》（见附图二九），分四层构图，最上为竹，中为菊，下为兰，最下为梅，构置非常别致。近人俞剑华画作《四君偕来》图（见附图三〇），画幅上部为梅竹，下部为兰菊，自题：“百花齐放，四君偕来。共度盛世，懿欤休哉！”这两幅画，可称为具有典型意义的“四君子”图。

将“四君子”画在一幅图上，比较少见，但将它们中的三种花

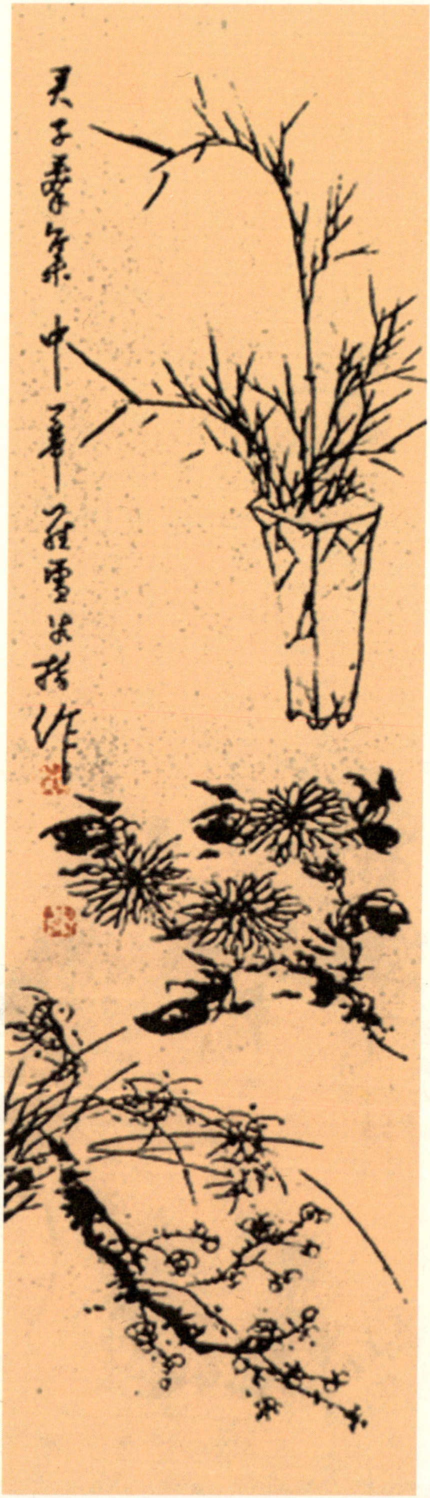

附图二九 罗清《四君子图》

附图三〇　俞剑华《四君偕来》

卉，或为兰、竹、菊，或为梅、兰、竹，组合在一起，构成艺术群象，则比较多见，可称为“四君子”图的别调。将兰、竹、菊构成艺术群象的作品，有明人孙克弘的《兰竹菊轴》（见附图三一），画面以假山为主体，假山顶端画菊枝，竹枝、竹叶穿插于假山两侧，假山底部画兰数丛。兰、竹、菊在重色山石的映衬下，姿态生动，画面整体雅洁明快，气韵清逸。清代郑燮也曾画过一幅《兰竹菊轴》，画“四君子”而缺少梅花，所以他的题诗说：“兰梅竹菊四名家，但少春风第一花。”将梅、兰、竹构成艺术群象的作品，有清恽寿平的《竹梅兰立轴》，方濬颐《梦园书画录》有著录，南田自题：“寒气侵书幌，楚香拥敝裘。起来窥户处，花影照吟眸。乙巳初秋，戏临白阳山人。”他是仿陈道复笔意画成的。李鱓有《梅兰竹图轴》，土坡上写梅竹，根部缀以兰丛，虬曲的梅干与挺直的竹枝交错参差，飘逸的兰叶自有韵致。全图工笔与写意兼备，粗

附图三一　孙克弘《兰竹菊轴》

放中见秀逸。

此外，尚有将梅、竹组合成“双清”艺术群象的，将竹、梅、兰组合成“三清”艺术群象的，也有将梅、兰与水仙组成“三香”艺术群象的，这些艺术群象，都是从“岁寒三友”和“四君子”艺术群象中衍变出来的，其例甚多，不一一赘述。

审美价值

花鸟画题诗并不都表现绘画的比德意义，也有的将视角投向花鸟画的艺术形象，描绘画面具象，再现画境美，着重表现它们的形象美及其审美价值。

明仇英的《沙汀鸳鸯图》是很罕见的花鸟画之一，上有彭年和袁褧的题诗。彭年诗云：“芳洲水暖蒲新绿，夹岸花明絮未飞。最爱江南春色丽，鸳鸯照影立斜晖。”诗句紧扣画题，着力描绘画面景物，句句写画，写春江水暖，蒲草初绿，夹岸花明；写鸳鸯戏水，临流照影，再现春意盎然、生气勃勃的幽美画境。袁褧的题诗云：“春到江南好，蒲芽茁浅沙。彩鸯双戏沼，柳浪逐浮花。”他的诗境与彭年相仿，且起着互衬作用，重在表现画幅的形象美，而两位诗人的审美情趣和审美评判，也就从诗境中自然而然地透露出来。

明王谷祥画《玉兰花》，自题一绝：“皎皎玉兰花，不受缁尘垢。莫漫比辛夷，白贲谁能偶。”题诗完全从画面形象的审美特征落笔，先写其色泽，玉兰花洁白可爱，不受风尘玷污。次写其风姿，玉兰花雅洁盛美，辛夷花不能与之媲美。王谷祥很喜爱这首诗，他题文徵明的《玉兰花图》时，一字不动地将这首诗题了上去。画家的许多朋友展玩此画后，纷纷题诗。文嘉诗云：“色与玉同洁，香将兰共芳。宁知璚树上，别有白云妆。”文诗写玉兰花的色与香。“玉同洁”、“白云妆”，形容玉兰花的色泽。第二句写其馨香，可与幽兰的幽香相媲美，补出王谷祥诗没有写出的艺术意想。张凤翼的题诗云："弱质御铅华，幽香度碧纱。回风疑作雪，却是玉兰花。"也是写玉兰花的色香，但他暗用了王安石《梅花》诗意，更富韵致。王、文、张三氏的题诗，从不同的侧面形容《玉兰花》图的形象，补充、丰富画意内涵，充分发挥诗画艺术能够融通、渗透的长处，创造出玉兰花形象的更高艺术境界。

同样是两首描写风竹画的题诗，虽然运用了不同的构思和技巧，却取得了相同的审美价值。明唐寅《风竹图扇》自题诗云："醉墨淋漓写竹枝，分明风雨满天时。此中意恐无人会，更向其间赋小诗。"诗的前两句，具体描绘满天风雨吹打竹枝的情景，营造出一派风雨吹打翠竹的艺术氛围，以审美效果暗示画竹之美，也明白道出自己作画时的兴会和意态以及画面的形象特征。三、四句，诗人说为了防止他人不理解自己的艺术匠心，特意从画境中寻觅诗情，运用结句点题的手法，写成这首小诗，题在扇面上。清李方膺《潇湘风竹图》自题诗："画史从来不画风，我于难处夺天工。请看尺幅潇湘竹，满耳丁东万玉空。"题诗由画家不画风发端，进而说我偏要画风中之竹，偏要在难处着手，求得巧夺天工，"因难见巧"，写出自己在艺术上追求精益求精的自信心。诗的后半首，仍然写画面：请看我的尺幅《潇湘风竹图》，竹枝在狂风中吹拂，好像空中万千件玉器发出满耳的丁东声。全诗运用通感手法，交通视觉与听觉，点出画幅的艺术效果，益增画幅的美感。

吴昌硕画了一幅《天竹图》（见附图三二），枝头果实累累，像珊瑚一般，自题一诗："山僧石壁种天竹，红豆依稀冒雪生。更比珊瑚浑不似，写来疑是太湖精。"诗从天竹的来历切入，然后句句描写画面的天竹形象，形容天竹果实的形态和色泽，既说天竹果实红圆得像珊瑚珠，又说它秉承了太湖的灵气，拓展、丰富了画意，生动地表现画面上天竹的形象特征。

由此可见，花鸟画题诗的重要任务之一，是通过各种诗歌艺

附图三二　吴昌硕《天竹图》

术技巧和手段，表现画面具象的形象美，揭示画幅的审美效果和审美价值。这种审美取向，便形成了这类题画诗的美学特征。

愉悦情性

绘画具有自娱和娱人的艺术功能，可以洗涤烦襟，破除孤闷，消释躁心，迎来静气，令赏画人整个身心获得一种美感享受。徐渭论花鸟画说：“百丛媚萼，一干枯枝，墨则雨润，彩则露鲜，飞鸣栖息，动静如生，悦性弄情，工而入逸，斯为妙品。”(《与两画史书》，载《徐文长三集》) 蒲华《梅花老树图》：“漫说罗浮倚梦苏，梅花老树丑枝无。可知东阁何郎兴，月底清吟足自娱。”将花鸟画愉悦情性的美学特征表现出来，正是花鸟画题诗的重要艺术任务之一。

元钱选画《花鸟图卷》三段，第一段绘碧桃翠鸟，他自题一诗：“暮春景色一何嘉，老去无心赏物华。惟有仙家境堪玩，幽禽飞上碧桃花。”诗人感叹自己年事已高，无心观赏十分嘉美的自然春光。但是，幽禽飞上碧桃花这样的仙境，还是足以赏玩，得以愉悦自己的情性。

清石涛用很简约的笔墨，画出桃花一枝，自题七绝一首，很风趣地说：“春风细雨到山窗，却写桃花似艳妆。自笑老来闲不得，也须拈弄过时光。”清湘老人的题诗，并不具体摹写画面具象，也不说自己的创作体验，却说出自己爱好桃花的情趣和画作花卉图以愉情弄性的雅兴。他诙谐地告诉大家，老来闲着无事，也须拈弄花草，度过晚年时光，为老年生活增添乐趣，增加色彩。

清樊圻画过一幅《岁寒三友图》，龚贤为之题诗：“别有岁寒友，丹铅香色分。山中虽寂寞，独赖此三君。”龚贤说画上的梅花、山茶、水仙三种花卉，与“岁寒三友”一样，风骨凛然，具有拒严寒的“岁寒心”。三、四句说独赖此“三君”，破除画家山中的寂寞，揭示出画家钟爱这些花卉的审美情趣和赖以消愁的深层心理，也说明画幅所具有的愉悦情性的美学特征。这首题诗，在传统的比德式的自然审美意识中，又渗透进畅神悦性的成分，更具美的魅力。

清张同曾画《菊花图》，自题一诗云："红霜凝剪彩，金露落寒苔。秋夜吟诗处，青灯酒一杯。"画家陶醉于赏菊花画的审美愉悦中，秋夜里，青灯一盏，清酒一杯，面对清逸的菊花图，吟诗摅写自己的闲适心情和愉悦感，不亦乐乎！

清胡公寿画《香满蒲塘图》，题上一首七古："江乡一望青菰蒲，烟漠漠兮云疏疏。烟消云霁菰蒲尽，亭亭水际摇风荷。吁嗟耳食世所闻，玉井莲华夸十丈。此间如此好烟波，独挈钓艇来吟赏。"诗篇先铺写画面上蒲塘如画的幽美景色，然后，运用"以画作真"的手法，将画境当做真的荷塘，诗人想像着独自摇着钓艇，来到烟波杳渺、荷香满塘的蒲塘中来，吟诗写怀，畅心神，涤烦襟，整个身心沉浸在烟波美景中，充分获得审美愉悦的快感。

清代画论家方薰说过："画家一丘一壑，一草一花，使望者息心，览者动色，乃为极构。"(《山静居论画》)将花鸟画"使望者息心"、"畅神"、"花竹怡性情"的艺术功能，贯穿于诗行里，就形成了花鸟画题诗愉情悦性的美学特征。

讽世警俗

绘画艺术品能起到道德教育的作用。唐张彦远《历代名画记》云："是知存乎鉴戒者图画也。"米芾《画史》也说："古人图画，无非劝戒。"绘画的鉴戒、劝善和讽世警俗的艺术作用，有时并不是很明显，画家便借助题画诗加以挑明，画与诗结合起来，其警示性特征就能更明白地显示出来。花鸟画题诗同样具有警示世人的美学特征。

明唐寅画《岁寒三友图》，自题一诗："松梅与竹称三友，霜雪苍然贯岁寒。只恐人情易番复，故教写入画图看。"诗的前两句，赋予松、竹、梅以人的品德美，后两句，提出讽世的警示，要大家警惕

"人情易番复"的社会现实，让大家保持凛然风骨和坚贞节操。同样，清杭世骏画作《当窗冰华图》后，题诗云："一片冰华照眼明，当窗疏影正欹横。逋仙去后无知己，只有青山不世情。"前两句纯写画面形象，表现水墨梅花的仙姿神韵。后两句发出感慨，说善于咏梅的林逋已经谢世，世上已经没有知己，只有青山依然与寒梅相互映照，相伴始终，决不会离梅花而独去。诗人趁着题画的机会，讽喻世上没有知心朋友，讽刺那些毫无人情的世俗小人。这两首题写花鸟画的诗，都点出了画幅的鉴戒作用。

明孙艾画《木棉图》，正中画木棉花一枝，花朵开放，棉铃初成。沈周为之题小诗、长跋，诗云："当含黄蕊嫩，绵韫碧铃深。小草存衣被，长民谁此心？"（见附图三三）跋语点明画心：

附图三三　孙艾《木棉图》

"非泛泛草木所比，盖寓意用世。"石田诗说小小花草尚且知道为老百姓存留衣被，不知长民者又有谁有这番心意？讽刺"长民"者不关心民瘼，揭示出孙艾画作《木棉图》以表达积极用世志向的画心，诚为可贵。同样，郑燮有一幅《风竹图》，也不能轻视。画幅上写翠竹两竿，竹叶或浓或淡，或疏或密，穿插呼应，偃仰多姿，若受风然，画幅间似乎发出萧萧竹声。画家自题一诗："衙斋卧听萧萧竹，疑是民间疾苦声。些小吾曹州县吏，一枝一叶总关情。"《郑板桥全集》录此诗，题作《潍县署中画竹呈年伯包大中丞括》。包大中丞括，即山东巡抚包括。板桥此诗与画是献给自己的顶头上司的，借着题画的机会，反映了胶东灾民的疾苦，表明自己爱民的心迹，充分体现出花鸟画题诗讽世警示的美学特征。

明徐渭画作《葡萄图》，用狂放的笔墨，淋漓尽致地挥洒出一幅水墨葡萄图，画出一串串晶莹剔透的葡萄，自题一诗："半生落魄已成翁，独立书斋啸晚风。笔底明珠无处卖，闲抛闲掷野藤中。"画家用直接抒情的方式，倾泻心头的愤懑和郁闷，"明珠无处卖"、"闲抛闲掷"，托物寓意，摅写自己怀才不遇的遭际，愤怒控诉社会现实的黑暗，诗画相互映发，表明这是一幅情感激越、寄寓深切的讽世作品。

花鸟画题诗的警示性，常常与题诗的审美性联系在一起，不作空洞的说教，讽世警俗的意想借画境推出，让形象说话，以上各诗已说明了这个道理，而清代李鱓的《秋柳雄鸡图》及其题诗，最具代表性。诗云："凉叶飘萧处士林，霜华不畏早寒侵。画鸡欲画鸡儿叫，唤起人间为善心。"题诗先写画面形象雄鸡所处的萧索环境以及它不畏霜露的特性，然后再写到晨鸡啼鸣，顺理成章地写出结句，将图画劝善的用意通过"鸡"的审美形象表达出来，十分自然。

喜庆吉祥

画家选用我们民族喜闻乐见的喜庆吉祥的题材内容，描画成图，依赖这些事物的文化积淀和人文内涵，再配上题画诗，点明画幅吉祥喜庆的寓意，赠给友人，带有祝贺意义，这便形成了花鸟画题诗具有喜庆性的美学特征。

明陆治于嘉靖四十二年（1563）端阳节，画了一幅《端阳即景图》，随即题诗："葵榴花下自称觞，南极星辉满华堂。况是江南多胜事，朱明佳节正端阳。"题诗补充了画意，将"自称觞"、"南极星辉"、"满华堂"等众多画外意写入诗中，明白地告诉读画人：华堂上坐满了老年人，人们在葵榴花下各自举杯祝酒。今天正是端阳佳节，江南地方有许多喜事，值得庆贺。全诗在吉祥喜庆的艺术氛围中，表述了诗人向大家祝贺佳节的意愿。

清李鱓画作《松石紫藤图》，光看画面，是无法理解画旨的，画家自题一绝："泰山北斗青松干，富贵缠绵藤蔓花。不尽图画称愿意，四时春在吉人家。"题诗先写画上的松树，大如泰山，高达北斗星。次句描写画面上的两种花卉，牡丹花绕树开放，紫藤花盘绕在松树枝干上。画面图像的人文内涵显示，这些都是祝愿他人吉祥如意的。诗的后半首，诗人说我的图画包含着不尽的称愿祝贺的意思，祝愿四时春光常在吉祥人家。

清王礼受友人嘱托，画作一幅《牡丹喜鹊图》，画面上一对喜鹊在湖石、牡丹间翘尾张嘴作鸣叫状，姿态生动可爱。背景衬以参天的松树。画家自题一诗："黛色参天岁暮时，薄寒轻暖鼠姑迟。偶然写向东风里，老态颓唐更赋诗。"题诗首句写松树。松在我国的文艺作品中是作为延年益寿的形象出现的，唐于邵《吴使君厅郑华原壁画松树赞》："愿主人之比寿。"王礼画松自有贺人长寿的寓意。次句写牡丹，牡丹是富贵花，自有贺人富贵之意。双鹊鸣声喳喳，国人以为是吉祥之兆。《西京杂记》:“乾鹊噪而行人至。”王仁裕《开元天宝遗事》:“时人之家，闻鹊声，皆为喜兆，故谓灵鹊报喜。”王礼画双鹊嬉戏、鸣叫于苍松、牡丹之间，如报喜讯，给人们的审美心理带来了喜庆、吉祥和满足。诗的后半首，点明自己作画、题诗的用意，以此表述内心的欣喜和愉悦，祝贺“颂卿仁兄”延年益寿、富贵吉祥。

近代蒲华画《天竺水仙图》，图上画四种耐寒的植物：天竹、水仙、腊梅、万年青。自题一诗：“璎珞红珠著意妍，万年颂到炼丹仙。洛滨妙试凌波步，庾岭香从破腊传。”四句诗描写画上四种富有吉祥意义的花卉，诗画交融，创造出欣欣向荣、吉祥喜庆的意境，给人们在岁寒季节送来温馨的审美感受和吉祥的祝福。

附图三四　吴昌硕《桃石图》

五福寿为先。《尚书·洪范》云：“五福，一曰寿。”吴昌硕的一幅《桃石图》(见附图三四)，画两棵直立的桃树倚于巨石旁，枝繁叶茂，果实硕大红艳。画家自题一诗："灼灼桃之华，赪颜如中酒。一开三千年，结实大于斗。"题诗不正面描写画面桃子的形象，却先从桃花切入，说鲜艳的桃花红得像人们喝醉了酒。诗人又暗用西王母种桃典，说此花一开三千年，方才结成"大于斗"的果实。诗人用富含寓意的艺术形象，祝人长寿，虽然没有明言，但我们只要读一读赵之谦《仙桃图》上的题句："三千年花，三千年实，获寿保年，与天无极。赵之谦为许迈孙画，祝其母夫人寿。"便能明白吴昌硕《桃石图》的寓意。

比拟人性

诗人用拟人化的手法，赋予花鸟以人的性格和感情，或用美女比喻花卉，这是花鸟画题诗中常见的一种美学特征。

诗人用拟人手法描写花鸟画，使之人格化，化无情为有情，使诗画艺术感情充沛，更富有活力。元袁桷《题周曾水塘秋禽图》："芦荻萧萧秋水清，拒霜迎日斗红英。鵁鶄属玉休惊讶，岁晚江天得共行。"诗人将鵁鶄、属玉两种水鸟人格化，嘱咐它们，不要惊讶，不要为秋天到来而担忧，因为秋日江天寥廓，景色清丽，正可从容同行，共赏秋景。对禽鸟作劝慰语，非常亲切。明文徵明题《画鹊》诗："日光浮喜动檐楹，乌鹊于人亦有情。小雨初收风泼泼，乱飞丛竹送欢声。"描写乌鹊有人情，雨后初霁，清风习习，它特意飞到丛竹里啼鸣，给人送来欢乐的声音。明徐渭《菊竹图》题诗："身世浑如泊海舟，关门累月不梳头。东篱蝴蝶闲来往，看写黄花过一秋。"诗人描写东篱菊丛里的蝴蝶，空闲时常在我的窗前飞来飞去，看我画作菊花，度过整个秋季。无情之蝴蝶，成为多情之物，伴诗人书窗画菊，饶有意趣。清华嵒《山雀爱梅图》题诗："望去壁间春如海，半株僵铁万花开。莫奇林叟情耽冷，山鸟亦知解爱梅。"华嵒将人的情感和审美意趣赋予无情的山雀，表现画面上山雀飞跃于梅花间的情态，说它也懂得爱梅，意趣无穷。

人们往往形容貌美的女子有“如花容貌”，相反，诗画艺术家也用美女来形容娇美的花卉，题咏花鸟画的诗人常用这种手法。题咏水仙花图，很自然联想到凌波微步的洛神，如祝允明《钱选水仙》：“八斗才中画洛神，翠罗轻飏袜尖尘。”题咏梅花图时，很自然地联想到罗浮仙子，如刘泰《红梅翠竹图》：“罗浮仙子访湘君，翠袖娟娟映茜裙。”题咏牡丹花图，很自然地联想到沉香亭畔赏牡丹的杨玉环，如文徵明《画牡丹》：“好似沉香亭上看，东风依约可怜人。”以美女喻花，正是花鸟画题诗独特的美学特征。

元钱选画折枝梨花一枝，清秀淡雅，朴素大方。他在画卷左侧题写一首七绝：“寂寞阑干泪满枝，洗妆犹带旧风姿。闭门夜雨空愁思，不似金波欲暗时。”题诗以美女比喻梨花，形容这枝梨花恰如一位雨中美女，婉转哀怨，宁静清寂，不胜娇美。前两句诗意，显然从白居易《长恨歌》“玉容寂寞泪阑干，梨花一枝春带雨”中脱卸而来。白诗原意是以梨花带雨比喻杨贵妃哀怨的神情，钱选题诗却反其意而用之，以杨贵妃旧时的风姿来形容雨中梨花的风神，以切合《梨花图》。

清恽寿平是画作花卉画的高手，他晚年时创作了一幅《五色芍药图》，并自题一诗：“吹罢琼箫咽凤尘，粉痕暗减镜中春。低垂翠袖红妆侧，舞倦龙绡金谷人。”全篇使用比喻，以美女喻花，多方面表现画上芍药的风神。首句以美人吹罢玉箫使凤楼不再扬尘为喻，形容芍药花画之亮丽明净。次句以美女脸上涂上铅粉，镜中失去她原有的艳丽色彩为喻，形容芍药花画色泽素雅。第三句以侍女在美女边侧低垂翠袖为喻，形容绿叶衬托芍药花。结句以穿着龙绡舞衣的绿珠在金谷园里刚刚舞罢为喻，形容在风中摆动的芍药花。全诗采用传统的比喻手法，用美女喻写画上的芍药花，表现它的绰约风姿，以避免白描手法的平直，更富艺术魅力。

突出重点

画有宾主。邹一桂《小山画谱》论曰："幅无大小，必分宾主。"花鸟画画幅上，往往画着许多物象，有主景，有宾景，主景是画幅的中心，宾景是陪衬。主体有陪衬，更显精神，主景要凸显、突出，否则就会喧宾夺主，散乱无章。写作题画诗，不能照搬画面物象，面面俱到，必须体现凸显性原则，根据绘画艺术品自身的特点及诗人表达的需要，选取画面主体景物题咏之。因此，突出重点便成为题画诗的一个重要美学特征。

宋赵佶的《芙蓉锦鸡图》，主景是芙蓉和锦鸡，翩翩起舞的双蝶、低斜的菊花是衬景。赵佶题诗云："秋劲拒霜盛，峨冠锦羽鸡。已知全五德，安逸胜凫鹥。"前两句，扣住画面主景芙蓉锦鸡着笔。全诗更在主景中凸显锦鸡，通过鸡有五德的歌颂，宣扬北宋王朝的兴盛。题诗不仅对宾景只字不提，而且对主景中的芙蓉也只是一笔带过，着意表现锦鸡及其比德意义，保证完成表达画旨的艺术任务。于此，可悟花鸟画题诗突出重点的必要性。

明沈周的《花下睡鹅图》，主宾分明，睡鹅处于画幅的正中，形象硕大，显然是主景，画幅左侧画湖石、花卉、土坡，纯是衬景。沈周题诗云："磊落东阳笔下姿，风流崔白未成诗。鹅群本是王家帖，传过羲之又献之。"诗句不提湖石、花卉，着重表现"笔下姿"，即曲颈睡鹅以及由此生发出来的书画艺术融通的美学思想，重点凸显，题旨明确。

明吕瑞俊作《竹雀图》，图中画丛竹、湖石和翻飞嬉戏于竹丛里的群雀，此外还有竹笋、野草。诗人欧阳旦题诗云："退朝兴好写琅玕，环佩珊瑚晓雨寒。仿佛东溪溪上景，便鸿遥寄座中看。"诗人抓住画中主景竹丛写诗，代画家表达出寄画给友人的心意。而画中神态生动的群雀、形象玲珑的湖石，都略而不提，以防扰乱主题。

清华嵒的《山雀爱梅图》以很大的篇幅布置梅树，山雀飞跃其间，主景很突出。下方还画坡石，缀以柔竹、杂草，一对锦鸡立在坡石上翘首四望，与山雀成呼应之势。画家的题诗抓住画面主景构思立意，将重点放在山雀、梅花上，凸显山雀爱梅的主题，而对画幅中的坡石、锦鸡等物象，都忍痛割爱，充分体现出花鸟画题诗凸显性的美学特征。

抓住主景，促使花鸟画题诗形成重点突出的美学特征，在很多花鸟画题诗中都可以找到例证，像清王武的《鸳鸯白鹭图》，题诗只写画中的芙蓉、蒹葭，对画中的鸳鸯、白鹭略而不提；明陈淳的《秋江清光图》，题诗只写画中的芙蓉形象，对画中的家鸭、翠鸟略而不提。当然，也有的花鸟画题诗，平均使用力量，全面描绘画面景物，如蒲华的《天竹水仙图》，图上画天竹、水仙、腊梅、万年青四种植物，他的题诗每句写一样画面花卉。这可以说是花鸟画题诗中一种很特殊的写法，与凸显性原则不一样，不多见。

为表述的需要，笔者对花鸟画题诗的各种美学特征分别作如上论述，而实际创作中，诗人往往可以交叉运用多种艺术技巧，使多种特征体现在一首题诗里。

历代名画诗画对读集

第一图　赵佶《芙蓉锦鸡图》

本图藏北京故宫博物院。

赵佶（1082—1135），宋代画家，即宋徽宗，神宗子，在位二十五年。善书，工画花竹翎毛，尤善画墨花石。

这幅芙蓉锦鸡图为纸本设色，画芙蓉和菊花，用双钩填色之法。锦鸡用笔工细，毛羽华美鲜艳，斑纹细致。一枝芙蓉花横出在画面中部，美丽的锦鸡停栖在花枝上，花枝似乎在摇荡晃动。画幅右上方翻飞着两只彩蝶，锦鸡正回首凝望着它们。画幅物象主次分明，布局匀称，生动逼真，形神兼具，写实的技巧很高明。（有的专家认为此画为画院名手代笔，聊备一说。）赵佶在蝶、花的空间，齐整地题上一首用瘦金体写的诗：

秋劲拒霜盛，峨冠锦羽鸡。
已知全五德，安逸胜凫鹥。

署款云："宣和殿御制并题，亓。""亓"这种花押，读为"天下一人"，赵佶在题画时，常加这种花押。题诗的前半首，描写画面景物，紧扣画题。首句就画上芙蓉着笔，说秋风强劲，芙蓉盛开。"拒霜"，木芙蓉花的别称。次句就画上锦鸡着笔，具体而细致地摹写画面上锦鸡艳丽的形象，很有真实感。五言绝句不容许多费笔墨，所以赵佶抓住画面主要物象加以描写，至于画面上低斜的花枝、翻飞的蝴蝶和左下角的菊花，都略而不论，这是突出重点的技法，为凸现全诗的题旨服务。诗的第三句由画面宕开，论说鸡的五德，体现出"比物以德"的自然审美意识。"五德"，古人认为鸡有文、武、勇、仁、信五种德性。结句更是借着题画的机会，宣扬北宋王朝五德俱全，可以与周朝的“成康盛世”相媲美。“凫鹥”即《凫鹥》，是《诗经·大雅》中的篇名，《毛诗序》就它是歌颂周成王“守成”的作品，后世用来代称太平盛世。本诗突出画面主景，先写画面具象，再写观感，是题画诗中最常见的格式。

赵佶《芙蓉锦鸡图》

第二图　郑思肖《墨兰图》

本图藏日本大阪市立美术馆。

郑思肖（1241—1318），宋末元初诗人、画家，字忆翁，号所南，连江（今属福建）人。宋末，应博学鸿词科，元兵南下，叩阙上疏，情辞恳切，忤当路，遂隐居吴中（今江苏苏州），坐卧必南向，寄食城南报国寺以终。工画墨兰，兼工墨竹，亦善诗文。有《心史》、《一百二十图诗集》。

郑思肖《墨兰图》

此图构图奇简，萧散清逸，用淡墨中锋画兰两株，呈对称形态，向左右伸展。兰花布于左株，使这丛兰呈现左重右轻之势。全图无坡石、草木衬托，简洁疏朗，叶面稍阔，有丰腴华实的美感效果。叶虽少，自有高雅秀逸之致，这显然受到宋代减笔画风的影响。画幅右上方，工整地题写七绝一首：

向来俯首问羲皇，汝是何人到此乡？
未有画前开鼻孔，满天浮动古馨香。

左方题记：“丙午正月十五日作此一卷。”“丙午”，元大德十年(1306)，距宋亡已近三十年，画家此时亦已六十五岁。题记下钤白文印一方，文为“求则不得，不求或与，老眼空阔，清风今古”，表明自己节操永存，与兰花相仿，寓意深长，绝非闲章。题诗以发问开端，画家俯首向墨兰发问：你是什么人？你难道不知道国土遭元人蹂躏，为何还要到这没有存身之地的“此乡”来？两句诗揭示出自己画兰不画根、土的匠心，形象地表现出他的“土为蕃人夺，忍著耶！”的爱国情愫。“羲皇”，羲皇上人的省称，太古时人，本诗借指墨兰。后半首，诗笔转到兰花的馨香上。《孔子家语》载孔子的话，说“芝兰生于深谷，不以无人而不芳；君子修道立德，不为困穷而改节”，所以兰有“君子”之美称，兰香有“国香”之美誉(《左传·宣公三年》)，被我国人民视为高洁、坚贞的人格象征。画家巧借谐音技巧，借“古”通“故”，由古梅香联想到故国，使诗句含有怀恋故国的深意，让读者于言外领取其深意，诗意婉曲，含吐不露。郑思肖在“比物以德”的自然审美观念之中，还渗透进强烈的民族意识和爱国情感，难怪后人特别钟爱这幅墨兰图及其题诗。

第三图　钱选《花鸟图》

本图藏天津市艺术博物馆。

钱选（1239—1299），元代画家，字舜举，号玉潭、霅川翁，吴兴（今浙江湖州）人。工诗善画，能摆脱南宋院体格调，自成一家。赵孟頫早年曾向他学画，后赵孟頫被荐入朝，诸人皆附去，独钱选流连诗画，终其一生。

全图分三段，首段绘碧桃翠鸟，中段绘牡丹，末段绘寒梅。这里选评的是首段。末段有署款：“至元甲午。”甲午，元世祖至元三十一年（1294），这是钱选晚年的作品。本图画折枝桃花，枝上站着一只翠鸟。画家对禽鸟、枝叶、花卉的描写均极细致。画花、叶兼用没骨与勾描填色法，桃叶分浓淡两色，再勾描叶脉，以区分叶之阴阳向背。鸟羽用笔精细，设色明丽，气韵清绝，真是“赋形生色，如

钱选《花鸟图》

化工自然，真绝艺也”（黄姬水评语，载卷尾）。画家于画幅左下部自题一绝：

□春景□一何嘉，老去无心赏物华。
惟有仙家境堪玩，幽禽飞上碧桃花。

首句一、四两字，漫漶不清。从遗留下来的痕迹端详，似为“暮”和“色”两字，全句疑为“暮春景色一何嘉”，仅供参考。题诗的前两句，说自己年岁已老，无心观赏十分嘉美的暮春自然景色。三、四句转笔扣到画面上，说只有幽禽飞上碧桃花这样的仙境，还足以赏玩。“碧桃花”，即千叶桃，花重瓣，色或白或粉红。碧桃为神仙所食之物，《尹喜内传》载老子西游，省太真王母，共食碧桃。全诗用陪衬法，以仙家景物衬托画景，凸现画境。体味诗意，可以看出钱选对这幅画是很满意的，所以他用大字题写此诗。

钱选的《花鸟图》卷曾入清宫内府收藏，钤有乾隆、嘉庆、宣统诸帝的御玺。《钦定秘殿珠林石渠宝笈续编》著录过此图。乾隆还在各段上都题了诗，题《碧桃翠鸟图》诗是一首步韵诗，云：

秾纤洗尽余清嘉，源中洞口均空华。
只有莺羽翩翻集，占却一树春风花。

弘历评论此画洗尽秾艳纤弱之弊，具象、画境十分清嘉。次句说桃花源中洞口的桃花，与钱选花画相比，黯然失色，都成空余之物。诗句用夸张手法盛赞钱选桃花画的精美绝伦。三、四句写到“莺”上，说只有黄莺翩翻飞来，停集在花枝上，它天真活泼，雅秀可爱。“莺羽”，指黄莺。弘历的题诗，补充说明钱选诗中的“幽禽”就是黄莺。

第四图 高克恭《墨竹坡石图》

本图藏北京故宫博物院。

高克恭（1248—1310），元代画家，字彦敬，号房山道人，祖先为西域人，后迁居大都（今北京）房山，晚年寓居钱塘（今浙江杭州）。官至刑部尚书、大名路总管。工画山水，初学“二米”，晚年上溯董源、巨然，笔墨苍润。亦善画竹，风格近王庭筠。

这幅画画两竿雨中之竹，故又名《雨竹图》。画幅下部写圆石，用披麻皴，笔墨浑厚。石后耸立翠竹两竿，以浓墨写前面一竿，以淡墨写后面一竿，用笔劲健有力，枝叶错落有致，俯仰疏密得体，潇洒有天然生意，生动地传达出翠竹玉立于疏雨中的韵味。高克恭于画幅左下角自题“克恭为子敬作”六个小字。右部空间，有赵孟𫖯题绝句

高克恭《墨竹坡石图》

一首：

高侯落笔有生意，玉立两竿烟雨中。
天下几人能解此，萧萧寒碧起秋风。

赵孟頫是元代书法名家，他的书法造诣极高，也善于以书法笔法写竹。他看到高克恭这幅墨竹图，体识到高克恭画竹有书法味，所以首句赞道：“高侯落笔有生意”，自非轻许之语。“高侯”，高氏官位极高，故云。次句描写画面墨竹形象，两竿颀长的翠竹，亭亭玉立，挺立于濛濛烟雨之中，婀娜多姿，清韵流动，煞是可爱。“天下几人”句，用设问语，很黠慧，巧妙地说明只有自己懂得此画。赵孟頫的书法、绘画、诗歌均臻极境，堪称“三绝”，因此他能真正理解高房山墨竹的神韵。结句写墨竹的审美效果，枝枝翠竹，萧萧风生，送来阵阵凉风，带来秋意。题诗至此，戛然而止，以艺术效果暗示艺术美，高度赞许了高克恭墨竹图的艺术造诣，意含言外，韵味悠长。

第五图　吴镇《墨竹坡石图》

本图藏北京故宫博物院。

吴镇（1280—1354），元代书画家，字仲圭，号梅花道人、梅花和尚、梅沙弥，嘉兴（今属浙江）人。性情孤傲，一生清贫。工诗，擅草书，善画山水和竹石，与黄公望、王蒙、倪瓒合称“元四家”。有《梅花庵稿》。

画幅下部，用湿笔勾出方石一块，有棱角，横笔皴拖，笔力雄劲，再衬以淡墨作斜坡，撇几笔兰叶、杂草以托之。竹枝从右方破幅而来，横空出枝，似受风雨浸润吹打，枝叶承重，纷纷下垂，正与下方石块呈呼应之势。全图用笔简率劲挺，水墨淋漓，清气满溢，气韵生动。画幅上部用草书题一首七言古诗：

与可画竹不见竹，东坡作诗忘此诗。
冰蚕绕茧秋云薄，戏作渭川淇澳风烟姿。
纷纷暮雪落碧箨，谡谡好风来旧枝。
信看雷雨虚堂夜，拔地起作苍虬时。

署款曰：“梅花道人戏作于春波客舍。”诗、跋相应。题诗先从文同画竹、苏轼写诗谈起。两句诗意，出自苏轼诗：“与可画竹时，见竹不见人”（《书晁补之所藏与可画竹三首》），“赋诗必此诗，定知非诗人”（《书鄢陵王主簿所画折枝二首》），稍事变化，表达画家极为推崇物我两忘、情韵齐备的诗画艺术境界。吴镇开宗明义地阐明这种艺术意想，便为自己的画竹和题诗定出了至高的艺术标准。三、四句，才进入画竹石的创作境界中去，说自己面对着雪白晶莹的画纸，秋云淡薄、天高气爽的大好环境，画兴勃发，戏画墨竹，它们生长于渭川、淇澳的风烟里，姿态洒脱。“冰蚕”，古代传说中的一种蚕，以霜雪覆之，然后作茧，抽丝织成文锦，入水不濡，后代用来形容质地极好的绢，也代指白纸。“渭川”，即渭河，产竹地。“淇澳”，也是产竹地，古人咏竹诗中常常提到这些地名。五、六两句，描写竹在风雪中的情景。暮雪中，竹笋的外皮纷纷脱落，竹的旧枝里吹来谡谡的清风。这两句诗，上句写形，下句写声，画面上没有表现，也无法表现，纯由画面墨竹形象想像而得之。结尾两句，更用极度夸张之法，以惊人的艺术效果表现画竹之美。诗人说，相信有朝一日定会看到空堂上雷雨大作，画上之竹拔地而起，化作苍龙，飞舞而去。如果说吴镇这幅墨竹图具有洒脱奔放的艺术风格的话，那么，吴镇的这首题画诗，更是驰骋想像的神来之笔，富有浪漫色彩，达到画家诗画艺术的最高境界。

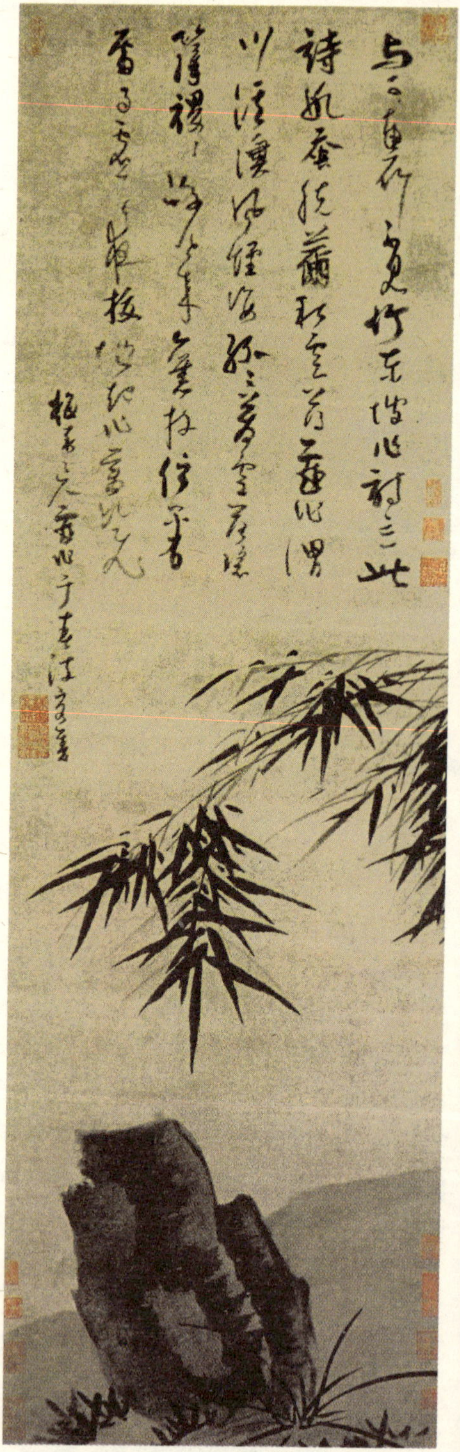

吴镇《墨竹坡石图》

第六图　王冕《墨梅图》

本图藏北京故宫博物院。

王冕（1287—1359），元代画家，字元章，号煮石山农、饭牛翁、梅花屋主等，会稽诸暨（今属浙江）人。出身农家，曾从著名学者韩性学，屡举进士不第，乃隐居于九里山。勤奋好学，善画墨梅、竹石。有《竹斋集》。

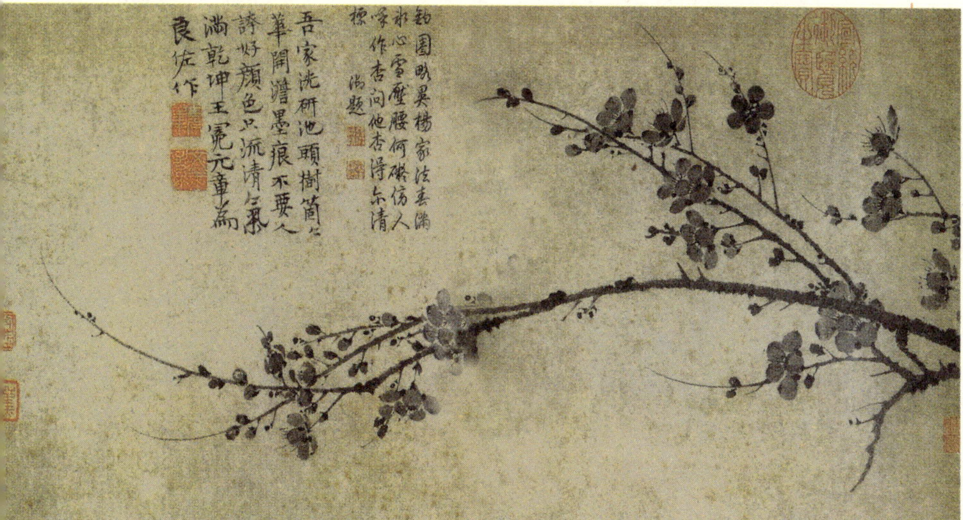

王冕《墨梅图》

王冕画梅，别开生面，创繁梅之格、红梅之制、雪梅之体，素为画论家称道。本图用水墨画折枝梅，一枝自右向左挑出，舒展挺秀，富有生机，花萼繁疏相间，错落有致。梅花用淡墨晕涂花瓣，浓墨点蕊，不用传统的勾线圈瓣法。整幅画笔墨潇洒自然，画境淡雅隽永，洵为佳作。画幅左上方自题一绝：

吾家洗砚池头树，个个花开淡墨痕。
不要人夸好颜色，只流清气满乾坤。

画家不说自己画的梅花墨色清淡，却说我家洗砚池边的梅树，开放着淡墨痕的花。诗人采用了“以画作真”的写法，将画梅当做真梅，饶有情趣。首句暗用王羲之的典故。传说会稽王羲之家有洗砚池，羲之每天在池中洗笔砚，池水尽黑。事见苏易简《文房四谱》。画家也姓王，故称“吾家”。三、四句用转笔，代墨梅立言：不要人家夸我颜色鲜艳，只求让我的清香流播开去，布满天地间。诗意显然点化宋陈与义《墨梅》诗中“意足不求颜色似”句意，但又有所发展，意味更为深长。画家自题诗，往往袒露画心，抒写自我情思，本诗正是托物言志，摅写自己博大的胸怀、清正的品格和高尚的情操，含意深隐，耐人寻味。

王冕诗的右边，爱新觉罗·弘历题一诗：

钩圈略异扬家法，春满冰心雪压腰。
何碍傍人呼作杏，问他杏得尔清标。

“扬家法”，即宋扬无咎的画梅方法，他擅用白描圈线法画梅花，自成一格。题诗首句揭出本图画梅与扬无咎“勾圈”法不同的技巧特征。次句写王冕画的墨梅玉洁冰清，标示着春满人间。三、四句，用陪衬法，以杏花衬出墨梅清新的丽质和俊逸的风采。如果说，弘历的诗重在表现画品的话，那么，王冕的诗则是画品、诗品、人品融为一体。两诗的差异，读画人自能品味出来。

第七图　柯九思《清閟阁墨竹图》

本图藏北京故宫博物院。

柯九思（1290—1343），元代书画家，字敬仲，号丹丘生、五云阁吏，台州仙居（今属浙江）人。博学能文，曾官奎章阁鉴书博士，擅画墨竹、墨花，亦画山水，墨竹效学文同。有《丹丘生稿》。

此图画墨竹两竿，倚石而立，画法全师宋代画竹名家文同，用书法撇笔法写竹叶，浓墨为面，淡叶为背，浓淡相间，笔法严谨而又有潇洒之姿态。石块用披麻长皴，充分显示出石之圆劲质感。整幅画风格疏简清雅，很有韵致。在画幅左部边缘，画家题上短跋："至元后戊寅十二月十三日，留清閟阁，因作此卷，丹丘生题。"元代有两个至元，前至元为元世祖年号，后至元为元惠宗年号。此处的"至元后戊寅"当为元惠宗至元四年（1338），这时已是画家的晚年。"清閟阁"，倪瓒家中的馆阁名，内藏经史子集、历代法书名画，云林常在这里吟诗作画，招待文士。阁主倪瓒也是元代画竹名家，所以柯九思在阁上画作这幅墨竹图。清代乾隆帝爱新觉罗·弘历赏玩此画后，在左上方题写一首七绝：

抹月披烟迥出尘，橚椮倚石矗新筠。
为思爱竹洋川老，一写精神便逼真。

题诗采用常见的模式写成，先就画面墨竹形象着笔。"橚椮"，草木茂盛貌。诗人将墨竹当做真竹，说倚石矗立的两竿新竹，长得很茂盛，洒上淡淡的月光，披上薄薄的烟雾，愈显娟秀雅美，高出尘世之外。第三句，诗笔一转，由墨竹联想到曾任洋州刺史的宋代画竹名家文同。“洋川”，洋州的山川。诗人说柯九思在创作此图时，忽然想到文老，因此一挥毫，笔下的墨竹便有精神，与文老的墨竹十分相像。柯九思师承文同，这一艺术渊源便成为本诗艺术联想的客观基础。题咏竹子的诗，诗人往往以自然审美意识来表现它的“比德”内涵，而弘历此诗撇开竹的比德意义，纯粹从形象美和艺术渊源着笔，别具一格，很有特色。

柯九思《清闷阁墨竹图》

第八图　金湜《双钩竹图》

本图藏北京故宫博物院。

金湜(生卒生不详),明代画家,字本清,号朽木居士、太瘦生,鄞(今浙江宁波)人。正统六年(1441)举于乡,以习古书法授中书舍人,升太仆寺丞。擅书画,篆、隶、行草,有晋人风度。喜写竹石。

金湜尤喜用勾勒法写竹。清高士奇《江村消夏录》录其纸本之轴《双钩竹》,上有题诗云:“生在湘江溪水边,此心曾与玉争坚。自从学得双钩写,世上丹青不值钱。太瘦生。”可见他对双钩竹情有独钟。本图画修竹两枝,挺立于坡石畔,枝叶均用双钩法写出,线条坚细劲挺,用极清淡的色彩填染,枝叶纵横交错,俯仰呼应,浓淡相间,显得清雅潇洒。石边又有新篁数枝,好像是受到春雨的滋润,勃然生长。金湜双钩竹很少传世,本图可称是罕世珍品。右上方自题一诗:

发枝潇洒玉无痕,曾沐天家旷荡恩。
自是年来生意好,满林春雨长儿孙。

题诗既不写画竹的比德意义,也不写画竹的审美价值,却选取一个非常独特的视角,着力表现翠竹富有生机的原因,真是别开生面。首句还是从画面形象切入,画上的修竹、新篁蓬勃生枝,姿态潇洒,翠色如玉,圆润无痕。为什么如此富有生机呢?因为它们曾经沐浴在大自然的浩荡恩赐中。诗的三、四句,点到正意上,说满林的修竹沐浴着春雨的滋润,生长得很迅速,新笋茁壮破土,儿又生孙,孙又生儿,遍地都是新篁,好一派生意。画家歌颂的是“雨后

金湜《双钩竹图》

春笋”般的蓬勃生机，他将这种艺术意想蕴含于画面形象中，惟恐读画人不理会自己的匠心，又用题诗发明之。方薰《山静居论画》曰：“高情逸思，画之不足，题以发之。”将金湜作画题诗的一番苦心，说得明明白白。

第九图　沈周《花下睡鹅图》

本图藏台北故宫博物院。

沈周(1429—1509),明代画家,字启南,号石田、白石翁,长洲(今江苏苏州)人。终生不仕,专门从事诗文、书画创作,善画山水,兼工花鸟、人物,与文徵明、唐寅、仇英合称“明四家”。有《石田集》。

画幅的下部正中,画一只睡鹅,正曲颈埋头于羽毛中,画家用细线勾出身躯、脚蹼、羽毛,脚蹼、鹅头染以赭石。背景衬以土坡、湖石、花卉。全图笔墨洗练,工写并用,应物象形,形神兼备,反映出沈周禽鸟画深厚的笔墨功夫。右上方,画家用劲挺的楷字题上一首绝句:

磊落东阳笔下姿,风流崔白未成诗。
鹅群本是王家帖,传过羲之又献之。

题诗从画面形象切入,以议论起势,说这幅画是洒脱不羁的沈姓画家笔下的睡鹅。“东阳”,郡名,沈约曾为东阳太守,人称“沈东阳”,这里沈周借以自指。次句形容睡鹅的风姿很像宋代画鹅名家崔白画的鹅,但是崔白没有题诗,故曰“未成诗”。“崔白”,宋代画家,字子西,濠梁人,善画花竹、翎毛、芰荷、凫雁。《宣和画谱》说他“尤长于写生,极工于鹅”。诗的三、四句,撇开画面,转而说鹅本是晋代王家活的字帖。羲之爱鹅,从鹅颈的转动中领悟到笔法运用的规律,得其宛转之妙,因而鹅便成为王家的活字帖。羲之临过此帖,献之也临过此帖。“羲之”、“献之”,晋代书法家王羲之、王献之父子两人。沈周为什么要在题写《花下睡鹅图》的诗中,写到王氏

沈周《花下睡鹅图》

父子的书法艺术呢？原来画家常常从前代名家的书法艺术中参悟绘画的笔法，元杨维桢《题赵大年鹅图》：“大年笔法如兰亭，宛颈个个由天成。”沈周画鹅宛转天成，所以他便由睡鹅曲颈联想到王氏父子的书法艺术，形象地总结出自己的创作体验：书法和绘画艺术互相融通、互相渗透。

沈周诗后，彭年又题一绝：

湖峰晓雨湿苍青，
兴庆池头见雪翎。
五十万钱原有价，
笑人轻易换黄庭。

首句写湖石，太湖石矗立如山峰，经过晨雨的洒洗，湿漉漉的，呈苍青色。次句说曾在京城里见过这只白鹅。“兴庆池”，唐代长安兴庆宫内的池沼，这里借指明代京城的池沼。三、四句，用王羲之写《黄庭经》向道士换鹅的典故，点化李白《送贺宾客归越》“应写《黄庭》换白鹅”句意，说此鹅价重，可笑他人轻易地用它来换取《黄庭经》。诗人说“五十万钱原有价”，既说“鹅”有重价，也说沈周的《花下睡鹅图》价重，以此称颂石田画艺的美学价值。

第一〇图　仇英《沙汀鸳鸯图》

本图藏上海博物馆。

仇英(生卒年不详)，明代画家，字实父，号十洲，太仓(今属江苏)人，长期寓居苏州。工匠出身，周臣见其耽于丹青而教之。善画人物，尤擅仕女，亦作山水，偶写花鸟，与沈周、文徵明、唐寅并称“明四家”。

画面上，沙汀绿草丛生，新蒲初绿，四周水天一色，空濛迷茫，汀边清波荡漾，一对鸳鸯正戏水于沙汀边。雄鸟单足立于沙汀上，刚刚从水中上岸，正侧颈低头梳理着羽毛；雌鸟还在水中引颈翘尾，踩浪嬉游。画面上方右侧，伸出一长一短的花枝，还勾画两只很小的春燕，留白很宽大，以象征水天空阔的沙汀环境。全图构图巧妙，用笔工致纤细，设色雅淡，风格秀雅清丽而有逸致。画幅右上方，画家署款云：“庚子夏，仇英实父制。”庚子，明世宗嘉靖十九年(1540)。画幅右上方，还题着彭年、袁褧

仇英《沙汀鸳鸯图》(局部)

的诗，都描绘了画面具象，再现画境。彭年诗云：

芳洲水暖蒲新绿，
夹岸花明絮未飞。
最爱江南春色丽，
鸳鸯照影立斜晖。

彭年（1505—1566），明代书法家，字孔嘉，号隆池，长洲（今江苏苏州）人。书法晋人，其书名亚于文徵明。工诗，有《隆池山樵稿》。诗人紧扣画题，着力描绘画面景物。“水暖”，语出苏轼《惠崇春江晓景》：“春江水暖鸭先知”。沙洲旁，春江水暖，蒲草刚刚发绿，两岸的春花开得很繁密，柳树尚未吐絮，这正是春光明媚的大好时光，为鸳鸯戏水创造了理想的环境。诗人十分喜爱这一“江南春色丽”的境界，更何况，斜阳下还有鸳鸯戏水，临流照影，正是春意盎然，生趣勃勃。全诗纯写画面，再现画境，而诗人的审美情趣、喜悦心情也从这幽美恬静而又富有生机的意境中透露出来。

袁褧诗云：

仇英《沙汀鸳鸯图》

春到江南好，蒲芽茁浅沙。

彩鸯双戏沼，柳浪逐浮花。

袁褧（生卒年不详），明代画家，字尚之，号谢湖居士，吴县（今江苏苏州）人。工诗文、书画，画山水潇洒，林丘郁映。有《田舍集》。题诗从题外写来，先赞誉江南春色之美，次句才落到画面上，说蒲芽在浅沙上茁长，三、四句写鸳鸯戏水，追逐水中的浮花。袁褧题诗的开端虽与彭年不同，但他们的诗境是相仿的，起着互补作用。两人的诗又对仇英的画意起着申补作用，十分有助于读画人对仇英画的欣赏和理解。

第一一图　文徵明《秋花图》

本图藏北京故宫博物院。

文徵明(1470—1559),明代画家,初名壁,字徵明,后以字行,更字徵仲,号衡山居士,长洲(今江苏苏州)人。屡试不第,后以岁贡生荐试吏部,授翰林院待诏,三年后辞归。学画于沈周,擅画山水、花鸟,与沈周、唐寅、仇英合称“明四家”。与里人祝允明、唐寅、徐祯卿交密,人称“吴中四才子”。有《甫田集》。

这幅画为水墨写意花卉,正中画湖石,率意勾勒,不加皴染。石后石畔,布置菊、兰、鸡冠、秋葵等多种花卉。菊花用墨勾画,鸡冠用枯笔写出,兰草、野花、菊叶以不同墨彩用没骨法画成。全图构图繁而不乱,笔法简率,韵味十足,意趣悠然。画幅右上方题五绝云:

秋霜丽朝阳,群卉日以萎。
云胡老圃中,杂英各呈美。

题诗首句从题外写来,从画外写来。秋日的霜披在群卉上,被朝阳一照,很明丽;秋霜凋残了秋日的各种花卉,花卉日渐枯萎。画上并没有枯萎之群卉,文徵明写出这样的画外意,无非是为了凸现、衬托秋日开放的、不畏霜露的“杂英”。三、四句,写画面形象。“胡”,通“何”。为什么老花圃里的菊、兰、鸡冠、秋葵等“杂英”,各自呈现妍美的姿态呢?诗人用诘问句收结,委婉含蓄,答案容读画人思考,留下想像的空间,余音袅袅,笔致空灵,增强了诗篇的艺术感染力。

文徵明《秋花图》

第一二图　唐寅《雨竹图扇》

本图藏上海博物馆。

唐寅（1470—1523），明代画家，字子畏，号伯虎，又号六如居士、桃花庵主等，长洲（今江苏苏州人）。弘治十一年（1498），中应天府（今南京）乡试第一名解元。会试时，因无辜牵涉科场舞弊案而被革黜。后以卖字画为生，怀才不遇，坎坷终生。工画，师沈周、周臣，擅画山水、人物、花鸟等，与沈周、文徵明、仇英合称“明四家”。有《六如居士全集》。

扇面上用水墨提炼出雨中之竹的艺术形象，以两枝浓叶竹枝为主体，一枝在正中，一枝斜向左上角，后面衬一枝淡叶竹，浓淡色差很大，显示出隔着濛濛细雨的前后竹枝的层次感，也真实地表现出远处形象的质感。画幅右侧画数笔初生之竹叶，与扇面中、左部繁密的竹叶遥相呼应，竹叶均向下倒垂，表现风雨吹打竹叶的态势，使读画人感受到竹叶沾水后的分量。全图墨沈淋漓，墨色明净，笔分顺逆，疏密相间，富有变化，气韵生动，营造出一派风吹雨打翠竹的艺术氛围。唐寅在扇面右角题上小诗：

醉墨淋漓写竹枝，分明风雨满天时。
此中意恐无人会，更向其间赋小诗。

题诗与画面的对应关系非常紧密，诗的前两句艺术地再现画面意象，具体描绘满天风雨吹打竹枝的情景，也明白地道出自己作画时的兴会和意态以及画面形象的特征。风和雨，都是绘画艺术难以表现的具象，唐寅除了运用浓淡不同的墨色和竹叶低垂的状态

唐寅《雨竹图扇》

加以表现外，为了防止他人不理会自己的艺术匠心，“此中意恐无人会”，特意从画境中寻觅诗情，写成这首小诗，题在画面上，帮助读画人体识自己的“艺术三昧”。唐寅很喜欢画作雨竹图，如藏于台北故宫博物院的《墨竹图》扇，灵秀飘逸，藏于吉林省博物馆的《雨竹图》金笺扇，浓重浑厚，藏于北京故宫博物院的《雨竹图》洒金扇，细密有逸致，这些雨中竹画，都是气韵生动、笔墨淋漓的佳作，可与本图参读。

第一三图　唐寅《岁寒三友图》

本图藏北京故宫博物院。

这幅画构图别致，画家并没有描绘松、竹、梅蟠曲奇倔的躯干，只用折枝之法，以洒脱的笔墨，画出枝叶和花萼，表现松、竹、梅疏朗、明净、秀雅、清越的神韵，着墨不多，重在写意。三枝集束在一起，均从左方伸出，向画幅右方运笔，像插花一般。其法实从宋人出，我们只要看一看赵孟坚的绢本《岁寒三友图》团扇（今藏上海博物馆）和册页《岁寒三友图》（今藏北京故宫博物院）的构图，便可以明白唐寅此画的艺术渊源。画幅上部，唐寅用较大的字题写绝句一首：

松梅与竹称三友，霜雪苍然贯岁寒。
只恐人情易番复，故教写入画图看。

唐寅的题诗，写法也很别致。他不是引导读画人去领略画幅的形象美和画境的清幽美，获取审美享受，而是一开端便从松、竹、梅“三友”的自然审美观念导入，称道它们傲霜雪、抗严寒的“岁寒心”。我们的先人将松、竹、梅的自然属性，与人的道德范畴、人文精神和审美文化特质联系起来，赋予“比德”的意蕴。松、竹、梅本性耐寒，历代诗人早已将它们作为题咏对象。魏刘桢《赠从弟》：“岂不罹凝寒，松柏有本性。”竹的美德与松的美德有相似之处，唐殷璠《题竹》：“窗户尽萧森，空阶凝碧阴。不缘冰雪里，为识岁寒心。”唐宋璟《梅花赋》，塑造“万木僵仆，梅英载吐，玉立冰姿，不易厥素”的梅花形象，热情歌颂了梅花“耐寒”、“不改贞心”的本性。

南宋时代，文学艺术家在前代文人的形象创造基础上，才真正明确地将松、竹、梅这三种耐寒的花木结合在一起，组合成艺术群象，写入诗中，画入画中，以“岁寒”象征人世的磨难和困境，赋予这个审美群象以人的品德美，使之具有鲜明的“比德”性格。宋代画家扬无咎画过一幅《岁寒三友图》，较早地将松、竹、梅描绘在一幅画中(可惜此图已经失传)。宋代诗人楼钥为之题诗：“梅花屡见笔如神，松竹宁知更逼真。百卉千花皆面友，岁寒只见此三人。”(《题徐圣可知县所藏扬补之画》)唐寅题诗的三、四句，便由画面转出别意，写出自己的感慨，他要大家风骨凛然，坚持节操，不畏艰险，警惕“人情易番复”的社会现实。诗的结尾，直抒胸臆，提出讽世的警示，道出自己作画的原委和艺术匠心。

唐寅《岁寒三友图》

第一四图　陈淳《秋江清光图》

本图藏南京博物院。

陈淳（1483—1544），明代画家，字道复，后以字行，更字复父，号白阳山人，吴（今江苏苏州）人。文徵明弟子，工画山水，尤擅水墨写意花卉，与徐渭齐名，并称“青藤白阳”。有《白阳集》。

画家扣住画题上的“秋”字，构思立意，择取枯荷、芙蓉、芦苇等表现季节特征的事物为主要具象，辅以家鸭、翠鸟，创造出秋意浓浓的画境。荷叶用藤黄带墨点染，以表现“枯”叶的质感。芙蓉花运用双钩填色法，淡墨勾线，填以淡红，花青点叶，淡墨写枝，色调清淡。鸭子、翠鸟用破笔皴擦，表现羽毛蓬松的特质，很生动。右下角补二石，有填补空白，保持画面均衡的艺术功能。全图构图疏朗，敷色雅淡，略带萧飒之感，深得秋色之神韵。画幅右上角题七绝一首：

陈淳《秋江清光图》(局部)

西风萧飒露华香，片片芙蓉簇锦妆。

应是怕随凡卉浼，独占雅淡媚秋江。

秋风萧飒，芙蓉花沾露散发出清香，片片芙蓉簇聚在一起，比试着锦样装束。开端两句，一写嗅觉形象，形容芙蓉之香味，一写视觉形象，形容芙蓉之色泽。诗句从画面形象着笔，却又超出画面，将嗅觉挪移到视觉上来，用“通感”之法，整体刻画芙蓉花之美。三、四句，仍写芙蓉，诗人说，芙蓉花应是怕随凡俗的花卉而受到玷污，它开放着雅淡的花朵，独占秋光，使萧飒的秋江显得妩媚起来，勃然有生机。画幅上有很多具象，但诗人并不泛泛用笔，只抓住芙蓉花做诗，句句写芙蓉，重点突出，给人留下了极为深刻的印象。

陈淳《秋江清光图》

第一五图　陆治《端阳即景图》

本图藏上海博物馆。

陆治(1496—1577),明代画家,字叔平,号包山子,吴(今江苏苏州)人。曾从祝允明、文徵明学诗文、书画,擅画山水、花鸟,花鸟工笔写意兼善。

此图画葵花两株,并立倚石而生,背衬两枝石榴,一枝上翘,一枝向右方伸展,遥相呼应。葵榴的花、叶,均用没骨法以色彩点染而成,葵叶还用细笔淡墨勾脉,富有生意。湖石用水墨晕染,略作勾勒,坚实浑厚。全图花石搭配匀称,布局考究,设色清丽,用笔或繁或简,活泼有意趣。画幅右上方,画家用行草自题一绝:

葵榴花下自称觞,南极星辉满华堂。
况是江南多胜事,朱明佳节正端阳。

署款云:"嘉靖癸亥仲夏,包山陆治画并题。"癸亥,明嘉靖四十二年(1563),这已是陆治晚年的作品。题曰"端阳即景图",则作画于端阳,题诗于端阳。题诗从画面主体具象"葵榴"着笔,说人们在葵榴花下各自举杯祝酒,华堂上坐满了老年人。陆治时年六十七岁,他的亲友也都年老,故云。"称觞",举杯祝酒。"南极星",老人星,杜甫《赠韩谏议》:"南极老人应寿昌。"前两句,极言佳节胜事,营造出喜庆的氛围;后两句,继续由此生发,再透进一层,说况且今天正逢夏季的端阳佳节,江南地方有很多胜事,值得庆贺。"朱明",夏季的别称。结句既点明题意,又延伸了画意,使全诗充溢着喜庆吉祥的气氛，恰当地传达出画幅的艺术氛围，诗与画水乳交融，形成一个和谐的艺术整体。

陆治《端阳即景图》

第一六图　陈鹤《牡丹图》

本图藏上海博物馆。

陈鹤(?—1560),明代画家,字鸣埜,号海樵,山阴(今浙江绍兴)人。工诗文、词曲,诗学刘随州。擅书画,书得晋人法度,善画水墨花卉。有《海樵先生集》。

水墨花卉,肇始于唐宋,发展到明代,画法多样,画艺也趋于成熟。陈鹤的这幅牡丹图很有特色,与一般的水墨牡丹画法迥异。他用不同的墨色晕染花、叶,再以细笔勾出叶脉,以水洗出花瓣的重叠层次,颇有真实感。花下的湖石,先以细笔勾勒轮廓,再以水墨晕染,以枯笔点垛,墨色或浓或淡,表现石块的明暗和不同的光色,凸显湖石的质感。石之水墨色差,与牡丹之水墨色差相接近,使画面墨色协调和谐,气韵生动,清新而不落俗套。画幅右上方题写一诗及短跋,云:

牡丹富贵至今传,万卉丛中色更妍。
岂是此花能富贵,芳名元在万花先。

余居海阳山馆,避暑习静,颇遂幽讨,偏怀四桥老先生,违谈日久,且闻贤声,独超畿内,聊写牡丹一幅寄之,以其芳艳绝类有似于先生也。时嘉靖己未夏六月九日,海樵山人陈鹤。

“己未”,嘉靖三十八年(1559)。画作此图的第二年,画家便离开尘世。题诗全从牡丹花“富贵”二字上生意。牡丹花,也称富贵花,宋周敦颐《爱莲说》:“牡丹,花之富贵者也。”首二句直说牡丹有富贵之名,流传至今,在众多花卉中最为妍丽。第三、四句用反诘句,一转笔，说并不是牡丹花能富贵，只缘它的芳名早在万花之先为人传诵。据《刘宾客佳话录》记载，北齐杨子华有牡丹图，则此花由来已久。唐时尤为贵重，柳浑《牡丹》诗："近来无奈牡丹何，数十千钱买一窠。"李贺《牡丹种曲》有"走马驮金劚春草"的描写。帝王、权贵爱赏倍之，传下许多富贵人家赏牡丹的记载，所以宋代人有"富贵花"之语。据跋语，知道画家作画、写诗称赞牡丹花的目的，还在于颂扬老友"四桥老先生"的贤能，借花托意，以抒怀想之情。

陈鹤《牡丹图》

第一七图 王谷祥《玉兰花》

本图藏美国乐艺斋。

王谷祥(1501—1568),明代画家,字禄之,号酉室,苏州(今属江苏)人。嘉靖八年(1529)进士,官吏部员外郎。擅画,工写生,写花鸟精研有法。其人品、画格为时人所重。与文徵明过从甚密,画风受其影响。

这幅画写在金粟山藏经纸上, 画幅正中写水墨折枝玉兰花, 浓墨写枝, 淡墨勾勒花瓣, 花朵高低错落有致, 形态各异, 或含苞待放,或初绽花瓣,似有幽香送来。画幅右上方自题一绝:

皎皎玉兰花,不受缁尘垢。
莫漫比辛夷,白贲谁能偶。

题诗完全从画面形象的审美特征落笔, 先用直接描写法写其色泽。玉兰花洁白可爱,不受风尘玷污。“缁尘”,黑色灰尘。次用陪衬法写其风姿。“辛夷”, 花名, 又名木莲花, 花似莲而小如盏, 色紫、白,香气馥郁,苞长半寸,尖如笔,故名。画家说,且不要将白玉兰和辛夷花相比,白玉兰雅洁盛美的风姿,是谁也比不了的。诗人通过辛夷花的意象, 凸显、衬托画面上白玉兰花的风韵, 增强了《玉兰图》的艺术感染力。

画家的许多朋友展玩这幅《玉兰图》后,纷纷在画面的四周题诗,题诗的有周天球、陆师道、文嘉、彭年、张凤翼、袁尊尼等人。今选录两首友人赞美《玉兰图》的小诗,加以解读。文嘉的题诗云:

王谷祥《玉兰花》

色与玉同洁，香将兰共芳。
宁知璚树上，别有白云妆。

张凤翼的题诗云：

弱质御铅华，幽香度碧纱。
回风疑作雪，却是玉兰花。

文嘉（1501—1583），明代画家，字休承，号文水，长洲（今江苏苏州）人，徵明仲子，任乌程训导、和州学正。画得徵明一体，精山水，疏秀似倪瓒。文诗写玉兰花的色香，“玉同洁”、“白云妆”，都是形容玉兰花洁白的色泽。第二句从“香”字措意，写玉兰花的馨香与幽兰相似。香，本是嗅觉形象，绘画无法表现，诗人用感觉挪移之法，将嗅觉形象引入视觉艺术之中。张凤翼（1527—1613），明代诗人，号灵虚，长洲（今江苏苏州）人。嘉靖时举人，工诗词，有《处实堂集》。张诗的写法与文嘉相似，也是表现玉兰花的色、香。不同的是，张凤翼暗用了宋王安石《梅花》：“墙角数枝梅，凌寒独自开。遥知不是雪，为有暗香来。”的诗意，更富情致。王谷祥、文嘉、张凤翼的题诗，从不同的侧面形容《玉兰图》，补充、丰富了画意，充分发挥诗画艺术融通、渗透的长处，提升了这幅《玉兰图》的艺术境界。

第一八图　徐渭《菊竹图》

本图藏辽宁省博物馆。

徐渭（1521—1593），明代画家，字文长，号天池、青藤道人、山阴布衣，山阴（今浙江绍兴）人。曾参浙闽军务总督胡宗宪幕，参加过抗倭斗争。工诗文词曲，善书画，尤擅长花鸟画，是明代中期文人写意花鸟画的杰出代表，对后代影响极大。有《徐文长三集》。

画幅正中写墨菊一株，菊叶以大笔晕染，墨色浓淡随意，菊花用敝笔勾勒，颇多飞白之笔，益增花瓣繁复之姿态。菊旁斜傍修竹两竿，枝干细劲，竹梢低垂，竹叶亦用敝笔撇写，用笔潇洒，与菊花相呼应，极有笔韵墨趣。徐渭用水墨写意，气势纵横奔放，挥洒自如，不拘绳墨，墨沈淋漓，气韵清绝，此图洵为其写意花鸟画的代表作之一。画幅右上方题写绝句一首：

身世浑如泊海舟，关门累月不梳头。
东篱蝴蝶闲来往，看写黄花过一秋。

题诗前两句，跳出画面形象，直写自身遭际和近况，说我的身世差不多像一只泊海的舟船，随着风浪浮沉颠簸，近来关门谢客，深居简出，连着几个月不梳头，心绪懒散。首句用比喻，次句用叙述笔调，不关菊竹形象，也不评画艺，纯粹是趁着题画的机会，借题发挥，抒写自己郁闷闲散的情思。诗的后半首，回叩到画面上来。“东篱”，用陶潜“采菊东篱下”意。诗人说东篱丛菊里的蝴蝶，空闲时常在我的窗前来来往往，看我画作菊花，度过整个秋天。文长用拟人化的手法，不说自己闲着无事，却说蝴蝶看我作画，侧面着笔，

徐渭《菊竹图》

写出自己作画时的心态和情绪，含蓄蕴藉，言尽而意不尽，给读画人留下了广阔的想像空间。

第一九图　邢慈静《墨梅图》

本图藏上海博物馆。

邢慈静（生卒年不详），明代女画家，临清（今属山东）人，邢侗妹，贵州左布政使马拯妻。能诗，善书画，擅画竹石及白描观音大士，师法管道昇。

这幅水墨梅花图画在绫本上。画的右侧中部画梅树的粗干，分别向左下、右上挑出梅枝，枝干劲挺，倾斜多姿，枝上点缀着数朵梅花和萼，极力营造出“疏影横斜水清浅，暗香浮动月黄昏”的意境。枝干墨色浓淡得宜，与古朴典雅的绫上花纹相映成趣。画幅左部、中上部有大片空白，形成画面失衡之感，画家便在左上方题写一首七言绝句，诗境与画境融为一体，使画面重新获得平衡美。诗云：

梅花开处玉为林，先报江南第一春。
梦入罗浮尘世外，觉来天地几闲人。

诗篇由画面形象发端，说梅花开放的地方，白玉成林。梅花色白如玉，唐戎昱《早梅》：“一树寒梅白玉条”，画外一片梅花开放，故曰“玉为林”。次句礼赞梅花报春的品性，它不争春色，却向人们传达了春到人间的消息。三、四句，用了一则典故，形容梅花超凡脱俗的风神。“梦入罗浮”，据《龙城录》载，隋代赵师雄至罗浮，于酒肆遇一美女，淡妆素服，因与同饮。师雄醉寐，翌晨醒来，见梅树上有翠羽啾嘈相顾。后人遂以罗浮梦、罗浮美女喻梅花。赵师雄在罗浮梦见梅花女神的境界，是清莹洁净、超越尘世之外的。梦醒后，他

邢慈静《墨梅图》

看到天地间满是忙忙碌碌的俗人，能有几个清闲超逸的人呢？诗句采用“遗貌取神”的艺术手段，脱开梅花外在形貌的描绘，运用空灵的诗意，创造出复奇的诗歌意境，热情礼赞梅花清莹脱俗的精神面貌。

第二〇图　陈洪绶、陈字《花鸟图》

本图藏美国翁万戈处。

陈洪绶（1598—1652），明代画家，字章侯，号老莲、悔迟，诸暨（今属浙江）人。清兵入浙，陈洪绶入云门寺为僧 。幼从蓝瑛学画，善画人物，以高古著称，与崔子忠齐名，有“南陈北崔”之称。有《宝纶堂集》。

陈字（1634—?），字无名，号小莲，陈洪绶子，太学生，性孤傲，善书画，绰有父风。

这幅画是陈洪绶父子合作画成的，红梅主干由陈洪绶用细笔勾勒，枝干上满是瘿瘤节目，错转纠结，有高古之趣。禽鸟勾线流畅，画羽毛很工细，亦出自老莲之手。陈字为树、鸟设色，红梅花由陈字用没骨法画成，设色浓重艳丽。父子配合默契，笔墨色彩运用得当，诚为合作画中的佳品。画幅右下角，陈洪绶题上一诗，书迹古拙，与画幅笔调浑然一体，笔墨意趣融合无间。诗云：

高梧老桂暗天街，梅水烹茶有好怀。
写与来君悬壁去，雪飞月冷坐空禽。

题诗不先写画面形象，却由高梧、老桂入手，从题外写来，起陪衬作用，以托出梅花形象。次句才落到正题上，意谓用梅花时节的水烹茶，使人喝了有好的情怀，就挥毫写作梅花禽鸟图，赠与“来君”携回去悬挂在壁上。尾句以画上景物收结，禽鸟空坐在梅枝上，面对漫天飞雪，清冷皓月，屹立不动。梅花的艺术形象，得雪、月相衬，倍添精神；禽鸟得梅、雪、月的映衬，更有生机，更能传神。题诗深刻地将画幅之艺术美揭示出来，帮助读画人赏玩。画家深知艺术群象之间相互补衬、相互渗透的密切关系，所以通过诗歌语言将画外意象补入，为自己的花鸟画增光添色，更耐人寻味。

陈洪绶、陈字《花鸟图》

第二一图　金俊明等《岁寒三友图》

本图藏南京博物院。

清初金俊明、文枏、金传三位画家合作画了一幅《岁寒三友图》，以表达彼此之间的真挚友情。稍后还有郑燮、李鱓、李方膺的《三友图》，亦同此。本图由金俊明写梅，文枏补松，金传添竹。

金俊明（1602—1675），清代画家，初名衮，字九章，更字孝章，号耿庵，自称不寐道人，吴县（今江苏苏州）人。工诗文，善书画，尤工画梅。有《春草闲房诗集》。

文枏（1596—1667），清代画家，字曲辕，号溉庵，长洲（今江苏苏州）人。文从简之子，徵明五世孙。明亡后，隐居寒山，耕樵一生。卒后，私谥端文先生。工诗，善书画，小楷得文徵明法，山水师承祖法。有《溉庵诗选》。

金传（生卒年不详），字可庵，长洲（今江苏苏州）人。画学倪瓒。

据署款，金俊明在甲辰，即康熙三年（1664），先画梅花。梅树老干蟠曲，欹倾有致，新枝旁生，疏花点缀枝头。文枏在丙午，即康熙五年（1666）补上一松，青松穿插于梅树之后，枝干虬曲挺生，气势轩昂，枝繁叶茂，有藤蔓攀援而上。从画面布局看，金传添画竹枝，时间最晚，因他未署年月，不知作于何时。翠竹挺生于画幅左下部，掩映于松、梅之后。画幅右上方，金俊明先题一首七律：

冷艳孤光是故知，撑肠铁石赋何悲。
冻开元济初平夜，清到刘琨起啸时。

霁后关山闻旧曲，劫余蛮岭有新枝。

玉楼飞合江南梦，缟袂霓裳彻夕吹。

题诗咏梅，以雪、月相衬。首联，写淡淡月光下冷艳的梅花，铁石心肠的宋璟为梅花作赋，何其悲伤。颔联用两则典故，分别描写梅花生长的环境。吴元济初平蔡州的雪夜，雪厚天冻；刘琨闻鸡起舞长啸时，月色清明，以雪、月衬托梅花的清韵。颈联，描写雪霁后远处传来《梅花落》的曲声，战后，岭南的梅树开出新枝，两句诗用以表现梅花的高格。尾联，说在漫天雪景里做着罗浮梦，梦见梅花女神穿着雪白的衣裳，彻夜吹奏着梅花曲。全诗并不具体地正面描写梅花形象，而是先用侧笔，写梅花在雪、月映衬下的清韵；尾联再用《龙城录》的典故，描写超凡脱俗的梅花女神，遗貌取神，专写其风神。诗人真能得梅之情性，传梅之精神。

文柟在画幅左上方题写一绝：

种玉餐芝术不传，金丹下手更茫然。

陶公妙诀吾曾受，但听松风自得仙。

题诗前两句，先从不同的长生术谈起，慨叹种玉、餐芝的方术已经失传，下手炼金丹的方术更是渺茫。“种玉”，干宝《搜神记》记载杨伯雍种石得玉的故事。传说餐食玉、芝可以延寿。后两句说只有陶渊明的妙诀，我曾经接受过，听听松风，自然能成仙。诗意回叩到画松上，即我画一株松树，可以听松风，以求延年益寿。

金传在画幅左侧金、文二人诗下，题写七绝一首：

约户秋声夜未降，满天清乐梦湘江。

酒醒何处觅环佩，斜月离离映小窗。

题诗咏画竹，以竹间发出的秋声发端，夜幕尚未降临，秋声秋色笼罩着家家户户，声响像满天的清乐，令人梦回湘江。酒醒后何处去寻觅女子的环佩声呢？原来声响是从斜月映照的小窗边繁茂的竹林里发出来的。全诗以画竹的艺术效果立意，环绕风吹翠竹发出的声响拓展诗思，最后归结到竹画上，以听觉形象申补视觉形象，表现画竹挺拔玉立、绰约多姿的风神。

一般的“岁寒三友图”都要从“比德说”立意，表现松、竹、梅傲霜雪的品格，这幅《岁寒三友图》上三位画家的题诗却撇开比德说，全力表现松、竹、梅的形象美，营造画幅的审美意境，表现画艺的审美价值，很有特色。

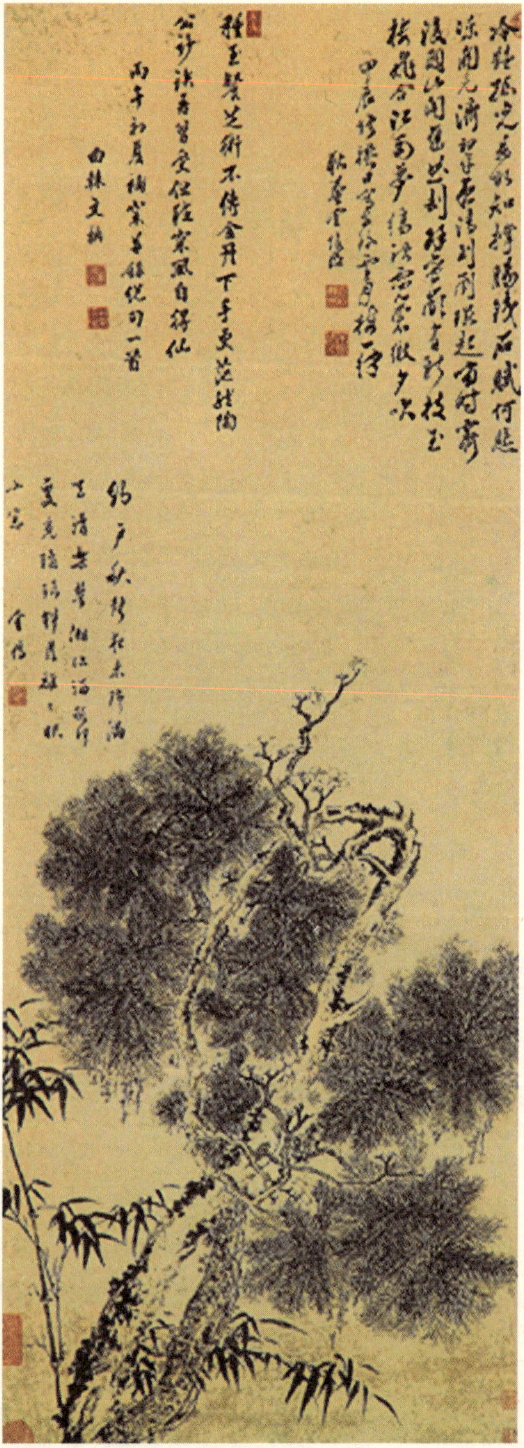

金俊明等《岁寒三友图》

第二二图　樊圻《岁寒三友图》

本图藏天津市艺术博物馆。

樊圻（1616—?），清代画家，字会公、洽公，金陵（今江苏南京）人。精画山水、人物、花卉，为“金陵八家”之一。

此图与一般的《岁寒三友图》不同，画的是梅花、山茶和水仙。画幅下部用勾皴画一坡石，又用积墨法渲染成一座假山。坡石旁，画水仙两丛，水仙叶用没骨法写出，花用白描手法勾成。假山石后画白梅数枝，红色山茶数枝，或白描勾勒，或没骨晕染，疏密相间，俯仰呼应，很讲究章法。画幅右下角有樊圻的署款：“癸亥嘉平月，樊圻画。”樊圻一生中有两个“癸亥”年，第一个癸亥年为明熹宗天启三年（1623），这时樊圻仅七岁，不可能画作此图。第二个癸亥年为康熙二十二年（1683），这时樊圻六十七岁，此图当作于此年。“嘉平月”，农历十二月的代称。画幅右上方，龚贤题五绝一首，署款无纪年，推想当是樊圻作画时题写的。诗云：

别有岁寒友，丹铅色香分。
山中虽寂寞，独赖此三君。

自从南宋人创造松、竹、梅“岁寒三友”的艺术群象以后，历代画家、诗人纷纷效尤，以此为题材，从事诗画创作。明代张灵画《岁寒三友图》，无松，有山茶花，已是别调。清代樊圻画梅、水仙、山茶，题为《岁寒三友图》，也是别调，所以龚贤题诗的首句曰：“别有岁寒友”，开宗明义，点明这幅“三友图”与传统的“岁寒三友”不同。水仙、山茶，本性也耐寒，所以可以与梅花构成“岁寒三友”。更有

樊圻《岁寒三友图》

以腊梅、天竺、大叶松为“岁寒三友”的，见恽寿平《题岁寒三友图》。题诗次句说三种花使用不同的“丹铅”，分出不同的香与色，梅花、水仙用白色，山茶用红色。后半首诗说独赖此“三君”，破我山中的寂寞。三种花卉，虽然香色不同，但它们同样风骨凛然，有着拒严寒的“岁寒心”，足以慰藉画家孤寂的心。诗篇深刻揭示出画家钟爱这些花卉的情趣和赖以消愁的深层心理。龚贤这首题画诗，在传统的比德式的自然审美观念之中，又渗透进畅神悦性的成分，更富美的魅力。

画幅左上方还有姚铉的题诗：

仲冬天不寒，寒花皆未放。
忽展三杰图，异香生纸上。

署款云：“庚午十一月四日，姚铉题。”“庚午”，康熙二十九年(1690)，时距樊圻作画已有七年。“三杰图”，即指这幅《岁寒三友图》。姚氏的题诗写到展图而图生异香，这是以画幅的艺术效果暗示艺术美，他从另一个侧面赞颂了樊圻《岁寒三友图》的美感特征。

第二三图　吴历《枫江群雁图》

本图藏南京博物院。

吴历（1632—1718），清代画家，字渔山，号桃溪居士、墨井道人，常熟（今属江苏）人。一生布衣，家境贫困，以卖画为生，曾入天主教。师从王时敏、王鉴，擅画山水、竹石，与“四王”、恽寿平合称“清初六大家”。工诗，有《墨井诗钞》。

本图属吴历《仿古山水册》之一，全图共十帧，庞元济《虚斋名画续录》记云：

> 此册原本十帧，为墨井中年所作，全法宋、元，精妙无比。余得自过云楼，时只剩七帧。常以不全为憾。适后复得两帧，一仿大年，一仿云林，当亦系巨册散佚者。至甲子夏又获此幅，不禁狂喜。虽均收入《名画续录》立轴类，因尺寸相仿，改装成册，俾成全璧。

庞氏记载自己购获、收藏吴历《仿古山水册》的经过，很有价值。此册是吴历为其禅友虞山兴福寺僧默容所作，默容卒后，弟子圣予珍藏之，后为苏州过云楼顾家所得，事详见顾文彬《过云楼书画记》。后又为庞元济所有。宝物辗转流传，幸赖收藏家珍爱，得以传世。

画幅近处描画枫树，枯树槎枒，远处群峰隐约，秋江横绝于画幅中部，水波迷濛，群雁栖息于江渚芦荻丛中，只有一雁在月下低回飞翔，担任警戒。右上方画家自题一绝：

> 枫江水冷群归早，梦熟芦花秋未杪。
> 一雁不眠来弄月，波光浮动天将晓。

首句“枫江”对应画面上的枫树与秋江；“群归”对应画面上的群雁，时届秋令，江水寒冷，大雁早早南归。次句“梦熟”对应画面上熟睡于芦花中的群雁。第三句转笔处，写到画上的单雁，不说它为群雁警戒，却说它不眠而独自飞翔，在月下玩要，更富有诗意。尾句写画面拂晓时分的景象，波光浮动，水纹粼粼，于画外措意，更增寒意。全诗描写画面景物，也补写画外意，虚实相生，诗画对应，气韵清绝，倍增画幅的艺术感染力。

吴历《枫江群雁图》

第二四图　王武《鸳鸯白鹭图》

本图藏上海博物馆。

王武(1632—1690),清代画家,字勤中,号忘庵、雪颠道人,吴县(今江苏苏州)人。明代王鏊六世孙,无意于科举功名,遂专攻书画艺术,富收藏,精鉴赏,善诗,工画花鸟,风格工整秀丽,与恽寿平齐名。

这是一幅绢本立轴画,描绘月夜静谧的景色。画幅左上方,坡岸上芙蓉花盛开,花、叶均用没骨法画成,坡上有双栖的鸳鸯,用笔工整细致,花鸟敷色明丽。画幅右下方,水中岩石上写一只白鹭,单足缩颈伫立,工笔细描,背景衬以淡色的芦荻。两岸间为河流,水波荡漾,一轮秋月倒映在水中,月色澄明。画面上彩色的鸳鸯与白色的鹭鸶,繁密的芙蓉与稀疏的芦荻,互为比照,相映成趣,气韵生动,构成了整幅画宁静安详、淡雅明净的意境。画幅右上方题一诗:

瑟瑟蒹葭乱水隈,清霜初下拒霜开。
却怜此地饶佳色,每岁秋深到一回。

王武又题一短跋:"己巳秋暮,小饮采霞阁,见月色澄明,隔岸芙蓉献笑,漫写即景并题。吴趋王武。""己巳",康熙二十八年(1689),王武时年五十七岁,第二年他便谢世,本图正是他晚年的力作。古人称花开为笑,"芙蓉献笑",即芙蓉盛开意。读其跋语,知道本图实是一幅写生画。题诗先从画面形象着笔,瑟瑟秋风,吹在水边稀疏的芦荻上,芦叶随风乱动;秋霜刚下,芙蓉花迎霜盛开。"拒霜",

芙蓉花的别称。画面形象很多，除芙蓉、芦荻外，还有鸳鸯、白鹭、明月，为什么王武诗中只提芦荻和芙蓉呢？因为它们是最具秋季特征的事物，配合画面上的鸳鸯、白鹭、明月，容易构成“饶佳色”的诗境。诗人深爱“此地”采霞阁的秋色，所以每年深秋的时候都要到此一游。诗、跋与画境相契合，让赏画人能更深入地理解王武作画的艺术匠心。

王武《鸳鸯白鹭图》

第二五图　王武《白头三友图轴》

本图藏北京故宫博物院。

这幅画画松、竹、梅，均用折枝法，也均从画幅右部向左挺生，松枝在上，梅枝、竹枝在下。右下角画石块，使画幅呈稳固之势。梅花用没骨法画成，竹叶用双钩法写出。松枝上站着一只白头翁，鸟羽用工笔描成，它回头凝视远方，好像正在看什么东西。全图右实左虚，画家便在左上方自题七绝一首，以保持画面的平衡。诗云：

雪尽亭皋松影寒，忽闻春信到阑干。
胭脂冻蕊垂垂发，头白人须仔细看。

署款云："己巳腊月，立春前三日，戏为翔二兄正。吴趋弟武。""己巳"，康熙二十八年（1689）。画是王武死前一年为友人所作。题诗用"顺点题面"的技法写成。先从画面上的松枝着笔，亭皋雪尽，松树的身影仍然带着寒意。次句写梅，梅花开放，春来的信息传到画堂。第三句紧承上句，具体描写梅花绽开的情状，红梅渐次开放，带来满园春色。从诗句中的"胭脂冻蕊"四字看，画上梅花当是红梅。"垂垂"，渐渐。结句扣到赠友的画

王武《白头三友图轴》（局部）

王武《白头三友图轴》

意上。“头白”一语双关，既指画上的白头翁，也指“头白人”翔翁。诗人说请你仔细观看画中的具象和画家的匠心，我赠给你这幅《白头三友图》，希望与你共订“岁寒心”的盟约。四句诗，顺次点出画上的具象和题意，意含言外，情韵深长。

第二六图　恽寿平《夏荷图》

本图藏上海博物馆。

恽寿平（1633—1690），清代画家，原名格，字寿平，后以字行，遂更字正叔，号南田，别号云溪外史、东园客、瓯香散人、白云外史等，武进（今江苏常州）人。擅画花卉、山水，拓展北宋徐崇嗣的花卉没骨画法，创新风格，从者甚众，称“常州派”，对我国花鸟画的发展作出过杰出贡献。与“四王”、吴历合称“清初六大家”。工诗，诗风超逸，有《瓯香馆集》、《南田画跋》。

此图画夏荷盛开于池塘中，表现出盛夏荷塘的一派生机。拟徐崇嗣没骨法，荷花的染色以胭脂带粉，由瓣头晕染而入，荷叶以浅绿色作背，用深色勾出筋脉，深绿色作面，渲染出叶脉。残叶、小草与盛开的花朵相映成趣。画幅右上方齐整地题写绝句一首：

> 如有熏风起砚池，鲜霞犹护半开枝。
> 露湿红衣散金粉，微香残夜纳凉时。

署款云：“戊辰初夏，拟北宋徐崇嗣法。白云溪渔寿平。”“戊辰”，康熙二十七年（1688），距南田谢世仅两年，正是南田花卉画最为成熟的时期。题诗不说自己用高超卓绝的画笔画出了这幅《夏荷图》，却说砚池里吹起了熏风，催开池塘里的夏荷，鲜艳的云霞护卫着半开的花枝，诗思宛转超逸，令人神往。三、四句描写夏荷图的气韵和艺术效果。荷花的色泽鲜丽，犹如朝露浥湿红色的花瓣，朝阳照在黄色的花蕊上，发出缕缕金光，犹如散落着金粉。画上的荷花发出阵阵清香，夜将尽，人们在此纳凉，必将获得视觉、嗅觉上的多种美的享受。绘画是视觉艺术，诗人发挥了诗歌的特长，通过“通感”手段，补出了嗅觉、触觉等多种感觉，写出鼻闻夏荷的幽香，感受到荷塘的凉爽，拓展并丰富了赏画人的审美体验，令夏荷的艺术形象愈加娇美丰富。

恽寿平《夏荷图》

第二七图　恽寿平《五色芍药图》

本图藏美国克利夫兰美术馆。

画幅左右方各画一丛芍药，右面一丛有紫、红、粉红三色花朵，左面一丛有白、粉白两色花朵，设色妍丽，各有绿叶衬托。左右两丛花卉互为照应。花朵用没骨法画成，晕染很细腻，花叶也用没骨法，深色为面，淡色为背，勾以叶脉，明暗向背很精确。此图纪年为“乙丑”，即康熙二十四年(1685)，是恽寿平晚年的作品。此时他画作花卉已臻炉火纯青的境地，本图是恽格晚年花卉画的代表作品之一。画幅右上方题一短跋：

> 北宋人旧本有五种没骨华图，赋色妍丽，虽阅数百年，丹粉如新，渲染之工，位置之妙，正非近时学者所能拟议。乙丑秋日，南田寿平题。

当时，恽寿平还能见到北宋人的没骨花卉图，他高度评价了这些花卉图的艺术成就，也说出了自己在画作花卉时注重位置、赋色、渲染等方面的艺术技巧，这可以作为我们欣赏恽南田花卉画的一把钥匙。题跋之后，南田又题一诗云：

> 吹罢琼箫咽凤尘，粉痕暗减镜中春。
> 低垂翠袖红妆侧，舞倦龙绡金谷人。

这道题诗，不正面描写芍药之形象美，而且全篇使用比喻，以美女喻花，多方面表现芍药的风神。首句形容芍药花亮丽明净，因为美人吹罢玉箫，使凤楼上的尘土不再飞扬。次句形容芍药花色泽素雅，因为美女脸上涂上铅粉，镜中失去她原有的艳丽色彩。第三句形容绿叶衬托着芍药花，犹如侍女在美人边侧低垂翠袖。第四句形容芍药花在微风中摆动，犹如穿着龙绡的美女绿珠在金谷园里刚刚结束跳舞。“金谷人”，用绿珠的典故，绿珠为晋代石崇的宠妓，善舞，居金谷园。石崇因不愿将她转让给权奸而获罪，绿珠遂坠楼而死。事见《晋书·石崇传》。全诗采用传统的比兴手法，用美女喻写芍药，表现芍药的绰约风姿，极富艺术魅力。

恽寿平《五色芍药图》

第二八图　恽寿平《孤月群鸠图》

本图藏沈阳故宫博物院。

一株盘曲苍老的古松，横亘在画幅中部，枝干上栖息着许多鸠鸟，笔墨深秀，衬以浓点，具象分明。另有一远枝，映挂在溶溶淡月中，一鸠惊起，立于枝头，墨色极淡，与深浓的主体群鸠形成强烈的比照和反差，既表现了远枝独鸠在明月衬照下的独特光色，也显出空灵迷蒙的韵致，洵为神来之笔。如果说，画幅的主体部分是写实的话，那么这一笔就是虚衬，虚实相生，尤见画家“心思独运”，妙笔生花。画幅左上方齐整地题写一首七绝：

良夜松花复翠阴，西山孤月照深深。
春寒鸟影惊栖起，为有钟声唤隔林。

诗笔由画幅上的松月落笔，先写“松”，美好的夜晚，松花覆盖着翠绿的松阴；再写“月”，西山的孤月，深深地映照着古松。两句诗，将画面景色写得空灵幽美，但是还没有点到画题上的“群鸠”。第三句引入正题，写群鸠在栖息时突然惊起，是为了“春寒”吗？是为了“月明”吗？结句揭出答案，原来隔林寺院里的午夜钟声敲响，惊动了群鸠，打破了它们的美梦。全诗与画面具象的对应关系非常紧密，句句扣住画面的意象着笔，结句才用虚笔写出画外意，点明“惊栖起”的原因。画幅、题诗同样运用虚实相生之法写出，以画法为诗法，非常深刻地体现出本图诗画艺术融通的美学特征。

恽寿平《孤月群鸠图》

第二九图　恽寿平《花卉图》

本图藏日本大阪市立美术馆。

这一花卉图册共十二帧，本图为第一帧，写牡丹花。图上画折枝牡丹，无衬景，以铅粉涂花，用胭脂染花瓣，直接以色彩表现牡丹花的形态、色泽和多重花瓣的层次，最后以黄色点蕊，用没骨法写绿叶，细笔勾出叶脉，将“徐熙野逸”和“黄筌富贵”的不同风调，完美地统一于画面，极富笔墨情趣，逼真地描绘出牡丹花的外形和神态。画幅左侧题写七绝一首：

恽寿平《花卉图》

蕊珠宫里无双鬓，昼锦堂前第一人。
笑问芳心深几许，却能容受半天春。

恽寿平是一位很有诗才的画家，他的题诗，不直接描写牡丹花的富贵样，却以女子喻花，托拟神仙，说牡丹花像是天上蕊珠宫里仙女“无双”的鬓髻，又像是富贵堂前的第一位美女。“蕊珠宫”，道家传说天上上清宫有蕊珠宫，神仙所居。“昼锦堂”，《史记·项羽本纪》载项羽语：“富贵不归故乡，如衣绣夜行，谁知之者！”后因称衣锦还乡为“昼锦”。宋韩琦为宰相，致仕后还乡，建昼锦堂。诗的后半首仍以女子喻牡丹，表现它的襟怀和气度。诗人说，笑问美女的芳心深几许，能容纳半天的春色。诗句将牡丹花占断春光的“花中之王”、“花魁”的本质特征表现无遗。全诗以牡丹喻美女，遗其貌，离其象，着意表现牡丹花轶出尘俗的精神面貌，构思立意甚奇，诗歌意境亦奇，奇思妙想，真是好诗。

第三〇图　石涛《芙蓉图》

本图藏天津市艺术博物馆。

石涛(1642—1718?)，清代画家，僧人，俗姓朱，名若极，法名原济，字石涛，号大涤子、清湘陈人、清湘道人等，自称苦瓜和尚，全州(今属广西)人。擅画人物、花果、兰竹，尤擅山水，与弘仁、髡残、朱耷合称“清初四画僧”，与梅清、梅庚、戴本孝等人交往甚密，合称“黄山派”。有《苦瓜和尚画语录》。

石涛《山水花卉图》册共八幅，本图为第一幅《芙蓉图》，水墨设色，以淡墨疏笔横写水波，以浅青、浅褐作竖点，形成水波粼粼的景象。写木芙蓉花临波照影的姿态，花瓣用红色晕染，细线勾脉，形象逼真。花叶用泼墨画成，墨线勾出筋脉。全图用大写意法画成，挥洒淋漓，手法高妙。画幅右侧叶下，题写六言诗一首：

秋水江楼弥洁，芙蓉曲岸生文。
小立坡头如画，夕阳影落缤纷。

石涛诗并没有具体描写画面形象，却着力描绘芙蓉花周边的如画美景。首句从题外写来，江楼下的秋水非常洁净。画上并无江楼，诗意似乎显得有点突兀，然而这江楼正是芙蓉花丛附近之楼，是象外之景。次句点题，叩回到画面上花和水的形象，曲岸长满芙蓉，岸下江水微波生涟漪，故曰“生文”。“文”，通纹。诗的后半首，写诗人立在岸边欣赏如画美景的审美感受。芙蓉临水照影，岸上、岸下一派绚丽花光，景色如画，何况夕阳照在水面的花影上，好像是芙蓉花落英缤纷，连同岸上的芙蓉花，正是一派锦绣，更加美不胜收。石涛运用“睹影知竿”的技法，从侧面运笔，通过表现芙蓉周边环境之美来凸现芙蓉花画之美，从而创造出含蓄蕴藉的审美境界，给赏画人留下广阔的想像余地，真是风神悠长，韵味隽永。

石涛《芙蓉图》

第三一图　张同曾《菊花图》

本图藏南京博物院。

张同曾(生卒年不详),清代画家,兰陵(今江苏常州)人。恽寿平学生。

画上绘紫、黄、粉红、白四色折枝菊花。画幅右上方自题短跋云:“丁酉腊月既望,仿南田师笔。兰陵张同曾。”“丁酉”,当为康熙五十六年(1717)。“兰陵”,在今江苏常州市西北,为东晋时侨置县,后代称常州。张同曾自称恽寿平为南田师,当是恽格的弟子。

张同曾《菊花图》

他仿恽寿平画菊之法，不用勾线填色法，直接用颜色画花瓣，尤其是白菊花，以绢为底色，用铅白描画，益显晶莹剔透，花叶用不同色渲染，分出向背，再勾叶脉。全图用笔工整细致，赋色淡雅，画面清丽隽秀，菊花在绿叶映衬下错落有致，真得南田之神韵。画幅右上方题五绝一首：

红霜凝剪彩，金露落寒苔。
秋夜吟诗处，青灯酒一杯。

题诗先写画面形象，朵朵菊花，如同剪彩一般，秋霜凝聚花瓣上，随着花色而变红。秋露落在寒凉的苔藓上，丝毫无损于菊花的端庄。两句诗，写出菊花拒寒傲霜的本性，它不怕霜露的凋伤和摧残，反而显出它的勃勃生机。诗句为菊花歌唱，歌颂它傲霜露的品格。三、四句转而写画家兼诗人的幽兴和雅意，秋夜里，灯一盏，酒一杯，面对清逸的菊花，吟诗摅写自己闲适的心情和清高的情操。这首题画小诗既描写了菊花画的艺术形象，歌颂了菊花的美德，又将画家自己的心灵融入诗境中，物我融合，意境深远，实是好诗。

第三二图　蒋廷锡《兰竹图》

本图藏南京博物院。

蒋廷锡(1669—1732)，清代画家，字扬孙，号西谷、南沙、青桐居士，常熟(今属江苏)人。康熙四十二年(1703)进士，历仕礼部侍郎、户部尚书兼兵部尚书，官至文华殿大学士，元明史总裁，卒谥文肃。工书画、诗文，擅画花鸟，得恽寿平韵味。有《青桐轩集》、《秋风集》。

本图画山石、兰竹，是常见的兰竹双清题材，而蒋廷锡能独出新意，将幽兰疏竹附生在山崖上。山崖用淡墨写成，逸笔草草，得其神。幽兰用笔工致，疏竹用草书笔意出枝撇叶，意态潇洒。全图具象疏密相间，墨色浓淡兼顾，笔法工写结合，花光竹影，有超凡脱俗的韵致，真得赵孟頫兰竹画的神髓，洵为蒋廷锡兰竹画的代表作之一。画家仿宋人题款的方式，在右侧崖石上题云："壬寅九月十日，临松雪兰竹，请谨亭八兄教。蒋廷锡。""壬寅"，康熙六十一年(1722)，时蒋五十四岁。画幅右上方陈元龙题写七绝两首：

幽兰香已闻王者，丛竹清尤见此君。
纵有软红无著处，玉堂风露迴纷纷。

花痕竹影总风流，写出湘沅一片秋。
知是上林无俗卉，移将烟雨过江头。

陈元龙(1651—1736)，清代诗人，字广陵，号乾斋，海宁(今属浙江)人。康熙二十四年(1685)进士，入翰林，历仕掌院学士、吏部侍郎、广西巡抚、礼部尚书，官至文渊阁大学士。工诗，有《爱日堂诗》。前诗的首句写兰香，《群芳谱》称兰香为第一香，其香已上闻于“王者”。次句写竹之清雅，“此君”，即指竹，这里指画竹。两句就画面形象着笔，总写兰竹之高贵。三、四句，诗人运用对立联想的艺术思维方式，以深谷山崖与繁华都市相比照，说纵然有繁华都市，兰竹也无处着落、安身；兰竹图高高挂在翰林院里，远远望去，风露纷纷，很有生意。“软红”，都市的繁华。“玉堂”，宋以后称翰林院为玉堂，蒋廷锡、陈元龙都曾入翰林院，故云。

蒋廷锡《兰竹图》

前诗写兰竹图现在的存放处，后诗则描写它的去处。首句从画面形象切入，刻画兰竹图的形象美。“花痕”，指幽兰绰约的风姿，“竹影”，指疏竹潇洒的神态，它们都很风流，兰竹图写出湘沅之地的一片秋色。三、四句，以画作真，将画上的兰竹当做皇家林苑中的兰竹，它不是一般的花卉，现在将要随着主人穿过烟雨，越过江头，移向远方。“上林”，即上林苑，汉代皇家苑林。这幅兰竹图是画家赠给“谨亭”的，他将要离京还乡，所以诗人陈元龙要写出这样的诗句来。

第三三图　华嵒《桃花鸳鸯图轴》

本图藏天津市艺术博物馆。

华嵒（1682—1756），清代画家，字秋岳，号新罗山人、白沙道人、东园生、离垢居士，福建上杭（今属浙江）人。善画人物、山水，尤擅花鸟，重视写生，构图新颖，形象生动多姿。与金农、郑燮齐名，因久居扬州从事书画活动，也被列入“扬州八怪”之列。能诗，有《离垢集》。

华嵒《桃花鸳鸯图轴》

这幅画是华嵒花鸟画的代表作之一，画幅下部，在春水初涨的池塘里，画一对鸳鸯。一只在水中嬉戏，低首看着倒映在碧水中的自己的倩影，一只伫立在石块上，回颈注视着它的同伴，含情脉脉。鸳鸯用工笔画成，施色轻清绚丽。画幅左上方画桃花两枝，向右下方倾斜，约占整个画面的二分之一。艳丽的桃花烘托出春光明媚的季节特征，为鸳鸯戏水创造出一个典型的艺术氛围。华喦用没骨法画桃花，笔法得自恽寿平。整幅画构图空灵巧妙，敷色妍丽鲜润，笔法兼用工笔和没骨法，画境充满着温馨、蕴藉的情致，令赏画人一看便爱不释手。右上方用雅逸的行书题写绝句一首：

春水初生涨碧池，临流何以散相思？
含情欲问鸳鸯鸟，漫对桃花题此诗。

署款云："戊辰春潮，新罗山人写并题。""戊辰"，乾隆十三年(1748)，这时画家已经六十六岁。题诗首句从画面切入，先写鸳鸯的活动环境，用因果式的句法，说明春水初生，涨满碧池。按理次句应该紧接着描写鸳鸯，进入正题，然而诗人却掉转笔头，写自己面对骀宕东风、浩荡春水，看着画面上脉脉含情的鸳鸯宛如一对恋人，油然生出相思之情，难以排遣。诗用设问句推出，可医平板之弊，诗思尤为巧慧。第三句，应上句的设问，说自己含情询问鸳鸯鸟，如何排遣相思情？但是它们并不回答我的询问，于是，我只得漫然地对着桃花，题写此诗，以寄托自己的无限愁思和一片深情。桃花，扣画题，又喻美貌少女。《诗经·周南·夭桃》："桃之夭夭，灼灼其华。"对着貌如少女的桃花题诗，益增相思之情，情何以堪？全诗比物象征，情含景物中，欲问而未问，欲语又止，语虽尽而意无穷，情韵悠长。华喦题写此诗时，年事已高，他一定在年轻时有过一段刻骨铭心的恋情，深埋心头，因此当他面对《桃花鸳鸯图轴》时，感发兴会，赋成小诗，婉曲地传达出发自心底的缠绵悱恻的深情和爱的追忆。

第三四图　华嵒《山雀爱梅图》

本图藏天津市艺术博物馆。

画家用右上部很大的空间布置梅树枝干，盘曲遒劲，色如僵铁，繁梅点缀枝头，千朵万朵，灿烂如锦。一只山雀飞舞花间，另一只山雀倒悬在梅枝上，它们正张嘴呼叫，似乎在呼唤自己的同伴快来赏梅，着意表现“山雀爱梅”的题意。下方坡石上，一对锦鸡正回首翘望，望着山雀闹梅的情景，很羡慕，似乎也想飞到梅枝上去。整个画面，构思巧妙，工整俏丽，花鸟生情，春意盎然，一派春色恼人的景象。华嵒在画幅左上方，用齐头齐脚的方式题写七绝一首：

望去壁间春如海，半株僵铁万花开。
莫奇林叟情耽冷，山鸟亦知解爱梅。

诗先写画面。《山雀爱梅图》挂在壁上，远远望去，壁间春色如海，半枝如僵铁般盘曲苍劲的梅树枝干，受暖气的催化，繁花绽放。诗人抓住画面主体景物生发立意，诗情画意洋溢于题诗中。第三句陡然一转，自画面跳出，谈到数百年前的林逋。“林叟”，即宋代著名咏梅诗人林逋，他酷爱冷艳淡雅的梅花，隐居于杭州西湖的孤山，家居四周遍植梅花。结句拍合上句意，说大家不要对林逋的爱梅性格觉得惊奇，连山雀也知道爱梅，更不要说富有情感的林逋。诗人将人的情感、审美情趣，赋予无情的山雀，使之人格化，意趣无穷。全诗以人衬雀，以雀衬人，暗用林逋爱梅的典故，以林逋与山雀相比照，深化画意，归根结蒂还是衬出自己酷爱梅花的性格和审美情趣。本诗着意表现山雀爱梅的主题，与画题相呼应，对

华嵒《山雀爱梅图》

画面锦鸡形象却略而不谈，这是一种突出重点的技法，以凸显画旨，给读画人留下深刻的印象。

第三五图　高凤翰《梅花图》

本图藏美国景元斋。

高凤翰（1683—1748），清代画家，字西园，号南村、南阜老人、松懒道人，胶州（今山东胶县）人。雍正五年（1727），举孝友端方，历仕歙县丞，休宁、绩县知县，曾官泰州巡盐分司，久寓扬州。擅画山水、花鸟，早年偏于工细，晚年多作写意。与金农、郑燮、高翔、李方膺等人友善，故后人亦将他列入“扬州八怪”中。工诗，有《南阜

高凤翰《梅花图》

诗钞》。

这幅画是景元斋收藏的高凤翰《山水花卉册》十二页中的第一页，画家以没骨法和勾瓣填色法，分别表现红、白、黄三色梅花，枝干用涩笔、渴墨写成，蟠曲遒劲，很有质感。梅花与枝干两相比照，刚柔互济，分外妩媚，画面呈现出怒放的气势和热闹的画意。画幅左上方齐头齐脚题七言绝句一首：

朱唇玉靥额鹅黄，乱锁轻烟共一香。
绝似汉宫初破晓，水晶帘外斗新妆。

题诗采用以人喻花的手法，描写画面具象，表现梅花的色泽、馨香和风神，再现画境美，诗与画的对应关系非常紧密与协调。首句写梅花之色，以美女的“朱唇”、“玉靥”、“额鹅黄”，分别象喻画上的三色梅花。次句写梅花之香，着一“共”字，形容繁花齐放，芳香馥郁；着一“锁”字，为笼罩在烟雾中的繁花添上朦胧的面纱。梅香和着轻烟，透过画面，给读画人以视觉与嗅觉的双重审美体验。三、四句，诗笔一转，用汉宫女清晨斗新妆的情景，喻写画上繁花怒放、争妍斗艳的审美境界，鲜明地展现出“春意闹”的画境美，诗情画意和谐地交融起来，给人以沁人心脾的美感享受。

第三六图　边寿民《歪瓶依菊图》

本图藏南京博物院。

边寿民(1684—1752),清代画家,初名维祺,字寿民,后以字行,更字颐公,号渐僧、墨仙、苇间居士、绰绰老人等,山阳(今江苏淮安)人。终生布衣,隐居江湖,以卖画为生,善画芦雁,驰名江淮间,亦作花卉杂画。与华喦、郑燮等交往甚密,为“扬州八怪”之一。

画家故意画一只略带歪斜、形状古怪的花瓶,瓶内插一丛菊花,浓墨点染花叶,淡墨勾勒花瓣,秀雅高洁。瓶中菊花,左一朵与右两朵及上面挺立的两朵与下面倒垂的一朵互为呼应,匀称自然,保持了画面的均衡美。这是一幅水墨花卉画小品,构图新颖,画面朴实,笔意潇洒,行之以墨韵,富有生意天趣。画幅右上方题写一首七绝:

歪瓶雅称菊枝斜,花与真花颇不差。
持去卖钱偿酒债,那知秋色落谁家。

题诗首句点出本图画作歪瓶的匠心,瓶歪正好与斜插的花枝相称,给人以很高雅的视觉感受。次句直说菊花图与真花相像,用的是题画诗中常见的“以画作真”艺术手法,称赞自己的画艺。第三句转笔,忽发奇想,出人意料,画家说将这幅画拿出去变卖,换钱偿还酒债,不知道满幅秋色将要落在谁的家中。用诘问句收结,不仅将菊花图变成秋色的艺术效果传达出来,还使诗思表现得比较婉曲,留下袅袅余音,让人想像,让人思索,笔致尤显空灵。

边寿民《歪瓶依菊图》

第三七图　边寿民《芦雁图》

本图藏苏州博物馆。

本图画两只芦雁栖息于水边芦苇中，一雁昂首警戒，一雁曲颈低回，息落于沙渚上。两雁相依相望，形态逼真，情趣横溢。画家用不同墨色画出雁的颈、胸、羽毛，羽翮柔软润泽，嘴啄、脚蹼用淡黄色染成。背景用极淡的墨色画出稀疏的芦苇，以写水雾迷蒙之状。画像偏于画幅右侧，左侧留下大片空白，象征浩淼江水和茫茫昊天，于无象处写出无尽的景象，意境空阔深远。画幅左侧分三行书写七绝一首，为画幅大段空间增添艺术氛围，营造平衡和谐的美感。诗云：

一年两地平分住，南北征途不肯休。
我是南人画南雁，潇湘一段水云秋。

画家不从画面具象下笔，却从大雁的生活习性谈起，语涉议论。首二句说大雁一年分别住在两地，南来北往，不顾征途疲劳，不稍懈怠，不肯罢休，准时南北飞翔。字里行间带着赞扬意味，表现芦雁坚忍不拔的内在美。第三句仍是议论，说我是南方

边寿民《芦雁图》(局部)

边寿民《芦雁图》

人，所画的是生活在南方的雁。诗至结句，方才叩到画面具象上，描写水天相接、杳渺苍茫的景象，芦雁栖息在潇湘水边芦苇丛里，“芦荻中间颇自如”（边寿民另一首《题芦雁图》诗中句），悠闲自在。这里是水云交会的地方，一派秋色风光，十分幽美。全诗大多为议论句，但始终扣住“雁”字着笔，将芦雁优美的形象放在幽美的秋光里加以刻画，起着烘托的艺术作用，以景语收结，切合画象，更给全诗带来悠悠不尽的情思。

第三八图　李鱓《松石紫藤图》

本图藏上海博物馆。

李鱓(1686—1762),清代画家,字宗扬,号复堂、懊道人,兴化(今属江苏)人。康熙五十年(1711)举人,任内庭供奉,出任滕县知县,忤大吏罢归,在扬州卖画为生。擅画花卉,初师蒋廷锡,画法工致,后师高其佩,转向粗笔写意。为“扬州八怪”之一。

这幅画是他初师蒋廷锡时的作品,比较工细,清雅秀润,与他后期画风迥然异趣。画幅中写一棵青松,高大挺拔,顶天立地,枝干虬曲盘旋,枝繁叶茂,郁郁葱葱。松下石畔画一丛牡丹,花、叶均用勾线填色法,或红或白,色泽鲜艳,松干上盘绕着一棵紫藤,花似碎玉珠花,倒垂于枝头。全图工整细致,设色明丽,物象位置安排巧妙,是他前期绘画中的一幅佳品。画家在画幅右侧松树边很小的空间里,题上一诗:

泰山北斗青松干,富贵缠绵藤蔓花。
不尽画图称愿意,四时春在吉人家。

署款云:“乾隆十六年,岁在辛未四月,制于邗江兰若僧房。复堂懊道人李鱓。”李鱓用题画诗的常格写成此诗,前两句写画面形象,后两句写感慨。首句形容松树枝干如泰山之大,北斗星之高。次句写画上之花,牡丹花环绕在松树周围开放。紫藤的藤蔓盘绕在树干上,紫藤花倒挂在枝头。“富贵”,即牡丹花。画面的图像都是祝愿他人吉祥如意的,松树祝人长寿,牡丹祝人富贵,所以说画图有说不尽的称愿意思,四时的春光常在吉祥人的家中。画呈吉祥喜庆之象，题诗将这种气象点明之，也呈现出吉祥意，诗画对应，诗画交通，融为一体。

李鱓《松石紫藤图》

第三九图　汪士慎《梅花图》

本图藏上海博物馆。

汪士慎（1686—1762?），清代画家，字近人，号巢林、溪东外史、左盲生，歙(今安徽歙县)人。流寓江苏扬州，以卖画为生。善画花卉，尤擅画梅，气清神腴，与金农、高翔、罗聘被时人称为四大画梅高手。与金农、华喦等人友善，为“扬州八怪”之一。

画幅上绘一株老梅，以淡墨画枝干，浓墨点苔，枝干如铁，盘曲生姿，尤其是上面的新枝，向云霄挺生，一派生机盎然的气势。用圆笔圈梅花，点缀枝头。此图构图别致，枝不太繁，花不甚密，清淡秀雅，疏影潇洒，冷香四溢，是汪士慎诸多梅花图中的一幅精品。画幅右侧中部，题写一首六言绝句：

半帧溪藤莹洁，一池水墨浓酣。
莫讶疏香太早，东风已到江南。

开端用对起法，描写作画时纸白、墨好，半帧画纸非常白净，晶莹洁白，一池水墨浓厚稠密，使用时墨沈酣畅淋漓。“溪藤”，浙江省曹娥江上游的剡溪，溪水清澈，宜于造纸，用剡溪附近的藤制纸最有名，因称之为溪藤。两句诗表面上并没有及题，诗人只描写纸墨，言外之意，是说用上好的纸和墨画成这幅《梅花图》。三、四句，直接由《梅花图》生意，告诉读画人，不要看到梅花便觉得惊讶，惊讶它开得太早。结句醒明题意，说东风已经吹到江南。不说梅花是画出来的，却将画梅当做真梅，说它是被东风吹开的，很有韵致。

汪士慎《梅花图》

第四〇图　金农《野梅图册》

本图藏美国绿韵轩。

金农(1687—1763),清代书画家,字寿门,号冬心、稽留山民、寿道人、曲江外史等,仁和(今浙江杭州)人。少时从何义门学,终生不仕,流寓扬州,卖画以自养,为“扬州八怪”之一。博学、工诗词,自创书体,谓之“漆书”。工画,长于山水、花鸟、人物,尤善画梅,风格独异。有《冬心先生集》、《冬心题画》等。

本图绘一枝野梅,自画幅左上方倒悬向右下方,枝头点缀疏花,用笔率意,墨色清淡秀润,圈花点蕊,如玉似珠,于拙朴中见秀雅。画幅左下方留出大量空间,金农用独创的漆书体题写一首古诗,其用笔与梅花笔意相近,有苍劲质朴之美感。诗云:

古来画梅谁最好,僧中独数花光好。
华光衣钵付何人,石门释子得其真。
曾闻花光能画影,墨晕含苞偏耐冷。
石门画梅兼画月,看去胧胧月如泼。
画月之处更画烟,烟笼玉质难为传。
斜阳一抹忽中断,似倚孤山向晚船。

金农墨迹中“僧中独数花”下加“:”,实际上此处漏一“光”字。这首题画诗,充分肯定了华光、石门僧的画梅技艺,并传达出一个消息:金农的墨梅,师法石门僧。金农《冬心画梅题记》:“石门僧画梅,吾友丁敬身藏一轴,密萼繁枝,孤诣独绝,踵后尘者,越城王郎,予雪中仿其意,当不至于望尘不及耳。”与本诗诗意合。题诗首二句,先

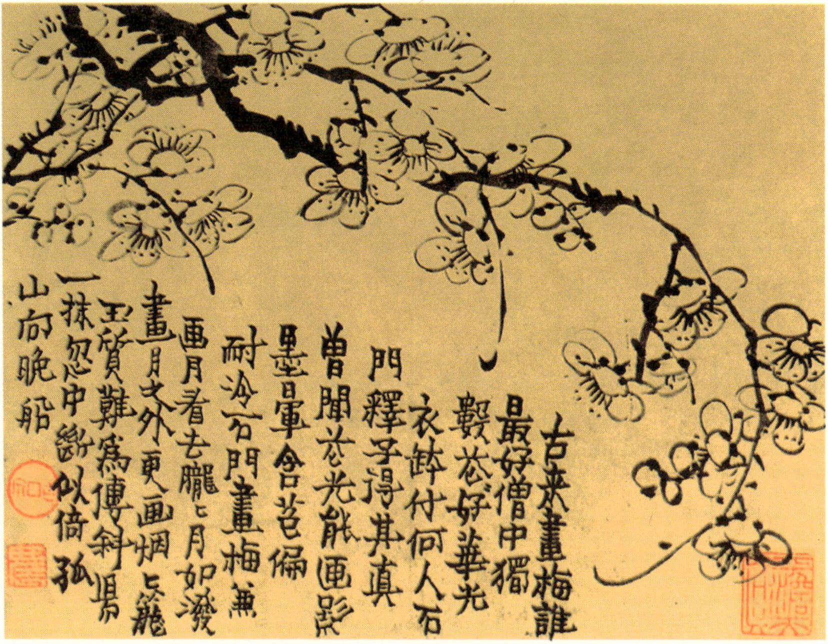

金农《野梅图册》

论说宋代画梅高手华光。华光名仲仁，为衡州华光寺僧，曾任住持，人以华光称之。三、四句，叙说石门僧得华光画梅艺术之衣钵，得其真传。五、六句，论华光画梅的美学特征，说他以墨晕画梅，如花影一样，含苞耐冷，得冷香之妙。第七句到第十句，论石门僧画梅的美学特征。石门僧画梅兼画烟月，泼墨画出，月光、云烟朦朦胧胧，笼罩梅的玉质，益增梅之清韵。石门僧画梅很难见到，金农的题诗为画史留下了重要的资料。诗的最后两句才结到自己的野梅画上。一抹斜阳照到梅树边，忽然中断，梅树似乎背倚孤山，面向晚船。原来，画上的这株梅花，正是坐在晚船上的画家从孤山折回来的。全诗先以议论笔调论述华光、石门僧的画梅艺术，然后用“以画作真”的手法，将自己的画梅当做孤山之真梅，点到自己的野梅画上。归根结蒂，是以陪衬手法凸显自己的画艺，盛赞华光、石门僧的画梅艺术，以衬托、暗示自己画梅造诣精绝。

第四一图　金农《梅花图》

本图藏广东省博物馆。

这幅梅花图，将前人的水墨法和圈花法两种画梅方法结合起来，画在一幅画上。梅枝自左下部出枝，向右部、右上方、上部伸展，颇有插花的味道。枝头密缀黑、白二色梅花，白花还能看到花须，形成"繁密"的布局特征。画幅右上方留白处，金农题一诗：

> 密萼繁枝二色梅，墨池水养结胚胎。
> 细看黑白分明甚，千万花须数不来。

署款云："七十二翁金农画并题。"这已是画家晚年的作品。题诗专写画面具象，全从视觉形象落墨。首句迅即着题，写尽题意，还交代这幅画繁密的风格特征。次句不说画上的梅花是画家画出来的，却说是墨池水养成的，饶有风趣。这种艺术意想，脱胎于王冕的《墨梅图》题诗。第三句，仍然承接上两句诗意，说明二色梅花乃用水墨画成，黑白分明。结句与首句遥相呼应，花枝繁密，则花须更密，当然"数不来"，无法数清。全诗时而写花萼，时而写花须，时而写其色泽，时而写其形态，全方位地表现画梅的美学特征，不带有任何花卉画常见的比德意义，纯粹是写梅花的形象美，自娱自悦，满足自己的审美享受。金农的学生罗聘，也曾画过一幅《二色梅花图》，藏于北京故宫博物院，上有题跋云：

> 元松雪道人画花，全用水墨，煮石山农画花，全用空圈，未有合二法为一帧者，余因作此，以自娱悦。罗聘记。

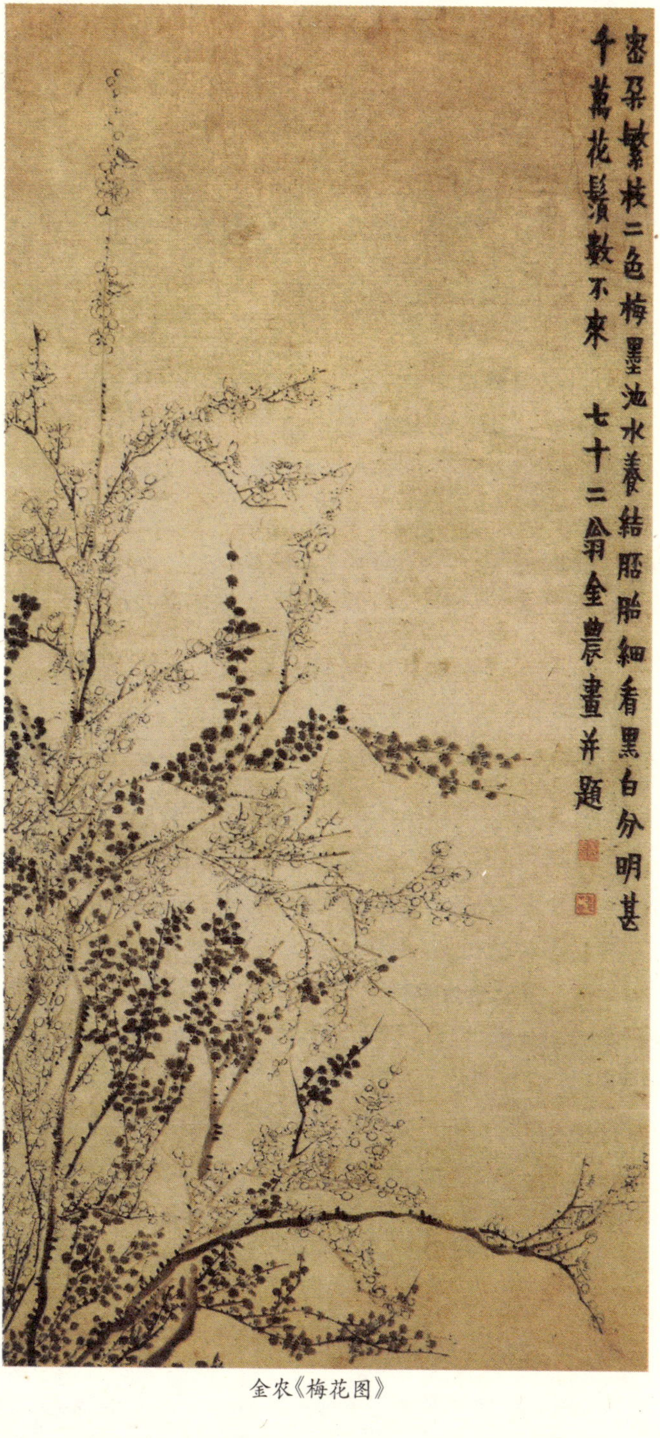

金农《梅花图》

其实，他的老师已经将二法合为一帧。罗聘还将金农这首题画诗题在自己的画上。这种现象，在罗聘的题画诗里常常见到，读者当慎自辨识。

第四二图　高翔《折枝榴花图》

本图藏南京博物院。

高翔（1688—1753），清代画家，字凤冈，号西唐（一作犀堂或樨堂），甘泉（今江苏扬州）人。生性孤僻，终身不仕。精篆刻，书工八分，擅画山水，师法弘仁、石涛，亦工画花卉，为“扬州八怪”之一。有《西唐诗钞》。

画幅中有折枝石榴花一枝，笔墨简练秀雅，淡设色，寥寥数笔，意趣盎然。画家又以行书通幅题写七绝一首，文字比榴花形象大得多，诗云：

老父携孙湖水头，绿杨深处看行舟。
残书手握午窗下，瓶供一枝安石榴。

署款云：“寄上五斗姻丈一笑，世姻侄高翔。”画幅中下部有“壬戌”两字。“五斗”，人名，即焦五斗。“壬戌”，乾隆七年（1742），这时高翔右臂病废，乃以左手作书画，尤为奇古有天趣。题诗以叙述笔调发端，描写自己携孙在湖边散步，于绿杨深处观看来往船只，忽然看到石榴花，心有所感，于是便趁兴画了一幅石榴花图。两句诗，只字未及“榴花”，还没有叩到画题上。三、四句转出新意，回到正题上。画家说，中午，在临窗的地方，我左手握笔，写成画和诗，又将画上的一枝石榴花插在花瓶里。“安石榴”，石榴的别称。画家用“以画作真”的手法写出结句，全是想像之辞。全诗先铺叙描述，到结尾处方始醒明题旨，点出题意，呼应全篇，写法与一般题画诗不同，别出心裁，饶有意趣。

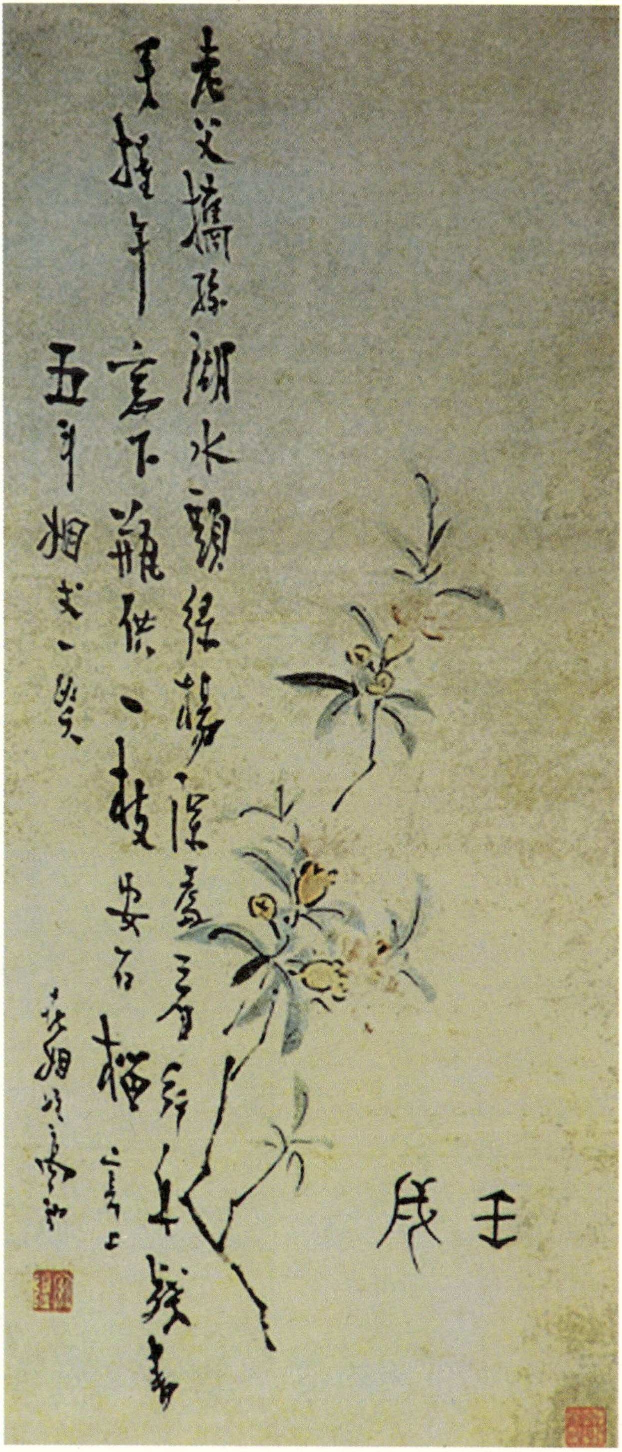

高翔《折枝榴花图》

第四三图　余省《菊石图》

本图藏南京博物院。

余省（1692—?），清代画家，字曾三，号鲁亭，常熟(今属江苏)人。善画花鸟、虫鱼，尤擅画蝴蝶。供奉内廷，师从蒋廷锡。

本图有院体风貌，重写实，描绘丛菊设色艳丽，浓浓淡淡，富有变化，花叶注重阴阳向背，表现出明暗的差别，叶脉清晰，很有真实感，画法明显有南田草衣的印迹。秀石淡墨勾染，浓墨点苔，光影明暗的变化处理得很恰当，表现出秀石的立体感。画幅左上方用细秀的笔墨题写七绝一首：

艳紫娇黄绚彩霞，秋光三径亦堪夸。
知君饶有东篱兴，为写陶家隐逸花。

附有跋语云：“庚寅冬日仿元人笔意，并题一绝，奉赠济老道长兄，余省。”“庚寅”，乾隆三十五年(1775)，旧载余省卒于1767年，据本图署款，则余省卒年更在其后。题诗先就画上菊花形象着笔，画面上的菊花色彩丰富，有红、白、黄、

余省《菊石图》

紫等色，故诗云“艳紫娇黄”，这是概括性的诗歌语言。从菊色彩绚丽如彩霞，为秋天增添光彩，所以次句紧承，说小路上的秋光足可夸耀。“三径”，小路，用陶渊明《归去来辞》“三径就荒”语，与下面的诗意勾连，遥相呼应。“济老”定是一位隐逸者，画家深知他“饶有东篱兴”，特意为他描绘一幅《菊石图》，用陶家的菊花来慰藉济老的隐逸生涯。全诗就主景生发，巧用典故，点明作画、赠诗的心意。诗人运用连接联想的艺术思维方式，诗意一气贯注，用笔流利清畅，呈现出诗脉顺畅的美学特征。

第四四图　郑燮《墨竹图》

本图藏南京博物院。

郑燮(1693—1765),清代画家,字克柔,号板桥,兴化(今属江苏)人。乾隆元年(1736)进士,历仕范县、潍县知县。罢官后到扬州,以书画闻名于时,为"扬州八怪"中的佼佼者,诗、书、画均精善,有"郑三绝"之称。有《郑板桥全集》。

这幅画布局简明疏朗,右边用枯笔淡墨写出陡立的峭壁,山势险峻。画幅正中挺立翠竹四枝,用笔细劲,气韵生动,高低参差错落,细竿、竹叶略向右倾,状若受风然。左上方空白处,用六分半体齐整地题上一首七绝。板桥用书法笔法写竹,也用画竹之法写字,笔笔瘦硬,他的题诗与墨竹形象非常协调,可以说达到书画融通美的极高境界。诗云:

郑燮《墨竹图》(局部)

咬定青山不放松,
立根原在乱崖中。
千磨万折还坚劲,
任尔东西南北风。

白居易《养竹记》说:"竹节贞,贞以立志,君子见其节,则思砥砺名行。"白氏将竹的自然属性和比德意义阐述得很清楚,深刻地揭示出"竹"这一艺术形象的深层文化意蕴,反映出我们民族独特的自然审美意识。郑燮这首题诗，便是这种优秀艺术传统的具体体现。首二句，说翠竹咬住青山，根底极深固；后二句，说它经历千万种磨难，依然坚劲挺拔，不管刮什么风，它也绝不歪斜倒伏。画家将“竹”人格化，赋予比德的深意，赞扬君子砥砺名行，坚贞不屈，富有气节，经受得住各种磨难，任何时候都不卑躬屈膝。这是一首竹的赞美诗，也是一首君子的颂歌，更是画家心灵的外化。

郑燮《墨竹图》

第四五图　郑燮《风竹图》

本图藏徐悲鸿纪念馆。

杜瑞联《古芬阁书画记》卷一八著录板桥此图，题诗命曰《潍县署中画竹呈年伯包大中丞括》。《郑板桥全集》录《板桥题画》，亦收此诗，题与古芬阁同。潍县，今山东潍坊。大中丞，巡抚的尊称。包括，钱塘人，郑燮任潍县令时，他正任山东布政使、巡抚。

画幅中央画翠竹两竿，劲挺有力，一竿墨色浓，一竿墨色淡，颇有层次感。水墨撇竹叶，或浓或淡，或疏或密，穿插呼应，偃仰多姿，似乎被微风吹拂，发出萧萧竹声。右下方自题一绝：

衙斋卧听萧萧竹，疑是民间疾苦声。
些小吾曹州县吏，一枝一叶总关情。

乾隆十一年（1746），郑燮任潍县县令，此时胶东一带连年遭灾，灾民生活困苦，到处逃荒。郑燮开仓救灾，以工代赈，并捐出自己的官俸以拯民于困厄之中。所以，他在衙中画竹时，借题发挥，题外生情，写下这首闻名遐迩的题画诗。板桥在题诗中既不写画面具象，也不谈自己的构思匠心，却趁着题画的机会，写出自己的关心民瘼的思想情怀。诗的首句自画竹落笔，以画作真，表现画境的艺术效果，说自己睡在衙斋中，听到画上风吹竹叶发出的萧萧声，联想到民间呻吟哀叹的疾苦声。第三句转写自己，说我们这些州县小吏虽然官小位卑，但民间一人一事的琐事，都关联着我们的心绪。结句的“一枝一叶”既扣住画面的风竹形象，又象喻民间的琐细事宜。全诗呈现出明白晓畅的艺术特征，而郑燮的爱民之心在诗句中表露无遗，令人感动。

郑燮《风竹图》

第四六图　郑燮《兰竹芳馨图》

本图藏南京博物院。

郑燮署款云："诞敷大兄一笑，并为诸郎君勖之。七十老人郑燮。"板桥创作此图时，已是晚年，因而本图构图别致，笔墨老辣。画幅上相对着画两山，峭壁陡立，兰竹挺生于崖石间。山石用枯笔勾出，几笔淡墨横皴，险峻之山势顿然描出。浓墨劈兰撇竹，挥洒淋漓，偃仰多姿，左下部山崖上的兰竹较密，右上方崖石上的兰竹较疏，上下疏密对照，互为呼应，气韵俨然，意境清逸。郑燮如斯构图，颇费匠心，他借着题画诗说出自己的本意，诗云：

兰竹芳馨不等闲，同根并蒂好相攀。
百年兄弟开怀抱，莫谓分居彼此山。

联系板桥的跋语，可知画家这幅画、这首诗，都是为劝勉友人"诞敷"先生之诸子的，勉励他们互相扶持，共同保持高风美德。诗用比兴手法，明写兰竹，实指"诸郎君"。兰竹德性芳馨，不同寻常花卉，它们同根生长，花开并蒂，互相追攀。兰竹兄弟百年长相聚，虽然分居在不同的山崖上，也应该畅开胸怀，坦诚相待。板桥诗句处处扣住画面立意，拓展诗思，在颂扬画上兰竹形象的同时，谆谆勉励"诸郎君"。全诗将兰竹与诸郎君，植物的自然属性与人的品德、情感，融合为一体，意含言外，意蕴深邃。这首诗的题写方式也值得注意。画幅左上方有大片空白处，板桥没有将诗题在上面，却选择山崖的受光面，直行题诗其上，况且板桥的字体笔笔瘦硬劲挺，与兰竹的形体相仿，画家有意识营造诗、书、画三者互相融通的艺术境界，以增加画幅的美学价值。

郑燮《兰竹芳馨图》

第四七图　李方膺《潇湘风竹图》

本图藏南京博物院。

李方膺(1697—1756),清代画家,字虬仲,号晴江,又号秋池、桑苎翁、白衣山人等,通州(今属江苏)人。历仕乐安、兰山、潜山、合肥知县,因开仓赈灾得罪上司而罢官,去官后寓南京借园,自号借园主人。善画松竹、梅兰,为"扬州八怪"之一。有《梅花楼诗草》。

唐寅喜画雨竹,李方膺爱写风竹。风是抽象的东西,在画面上难以表达,只能依托物象的态势,暗示风力的强弱。李方膺的这幅风竹图,写劲竹数竿,挺立于石旁,竹叶成扁方形,作倾斜状,竹梢呈弯曲状,好像承受着狂风的吹刮,充分显示出翠竹不畏狂风、坚贞不屈的精神。为了更好地表达自己画作风竹的真正意图,画家在画幅左下方不显眼的地方,题上一首七言绝句:

画史从来不画风,我于难处夺天工。
请看尺幅潇湘竹,满耳丁东万玉空。

署款云:"乾隆十六年,写于合肥五柳轩。李方膺。"李方膺在乾隆十四年(1749)因诋忤上司而被罢官,画作《潇湘风竹图》时,他已被罢去合肥知县职。题诗首二句说画家从来不画风竹,我却偏要在难处着手,做到巧夺天工,"因难见巧",在艺术上精益求精。两句诗写尽题上"风竹"之意。三、四句,仍就画面具象着笔,画家说请看我所画的尺幅《潇湘风竹图》,竹枝在狂风中吹拂,好像吹刮着空中的千万件玉器,发出满耳的丁东声。李方膺除了用竹叶的

态势暗示风力以外，还运用“通感”手法，将听觉向视觉挪移，以表现风中潇湘竹所发出的悦耳响声，交通视觉与听觉，益增画幅的美感，也显示出狂风的威力。本诗的结句，弥补了绘画无法表现声响的不足，成为点睛之笔。李方膺在另一幅《风竹图》题诗中说过：“自笑一生浑是胆，挥毫依旧爱狂风。”联系李方膺一生的遭际以及画作本图时的处境，可见风竹的艺术形象中融着自己敢于直言的性格和不屈的精神，《潇湘风竹图》是有很深的寓意和寄托的，就此也可知道画家之所以喜爱画作风竹的真正原因。

李方膺《潇湘风竹图》

第四八图　罗聘《竹石图轴》

本图藏朵云轩。

罗聘(1733—1799),清代画家,字遁夫,号两峰、花之寺僧,歙(今安徽歙县)人。侨居江苏扬州。师从金农,擅画人物、山水、花卉、梅竹,为"扬州八怪"之一。工诗,有《香叶草堂诗集》。

图上画翠竹两竿,挺立于画幅中,撑足天地。背衬淡墨山石两块,一高一矮,高者细长峻峭,瘦削的形态与竹枝非常相称。竹之干、枝、叶,均用双钩法画成,工整细致,形象丰腴,劲挺有力,很有真实感。竹叶趋向一个方向,若受风然,尽现风竹之意态。画幅左上方空隙处,画家题上一段长跋与诗,云:

> 唐王右丞画竹用双钩法,江南蜀主李氏继其余风,作金错刀。至宋石室先生、东坡居士乃变为泼墨流派。于元若吴兴赵魏公夫妇,蓟丘李衎,天台柯九思,惟能承习宋贤,而双钩法绝响矣。李衎同时,有沛郡张逊,颇擅勾勒,行笔独称一时,然亦不过磨麝煤为之。予因雨窗无事,追抚右丞遗法,写此直幅,复题一诗。诗曰:
>
> 画竹有声风满堂,法从勾勒岂寻常。
> 鹦哥毛细休轻染,此是仙都白凤凰。
>
> 乾隆三十四年,岁在己丑,夏六月廿一日,罗聘。

"己丑",乾隆三十四年(1769)。长跋详细叙述了双钩画竹法的起始和发展变化,并对历代画竹名家的艺术成就略作评点,真不啻为一短篇双钩法画竹史,可与李衎《息斋竹谱》参看。"石室先生",

罗聘《竹石图轴》

即文同。“赵魏公夫妇”，即赵孟頫、管道昇夫妇。题诗纯写画面艺术形象，句句扣住“竹”。首句写此画的艺术效果，画上的风竹，发出声响，满堂是画上吹下来的清风。通过艺术效果暗示画艺之美，自赞这幅竹画的艺术成就。次句交代了本图的画法，用双线勾勒之法写成，很不寻常。这一句与金湜自题《双钩竹图》的结句“自从学得双钩法，世上丹青不值钱”的意思相仿，说明罗聘是认同金湜的观点的。三、四句，从竹叶的颜色措意。诗人说，不要轻易地用鹦哥绿色去轻染竹叶，因为它们是从仙界来的白凤凰的羽毛。“凤凰”，指竹叶形如凤凰羽毛。全诗没有采用白描手法具体摹写画面具象，却通过艺术效果的暗示，点明画法和画幅的美学特征，逐层脱卸，逐步揭出本图双钩竹艺术形象之美，特别是写到双钩法画竹竹叶色白的特征时，借用仙家白凤凰作喻，运思巧妙，为本图、本诗增色不少。

第四九图　罗芳淑《梅花图》

本图藏上海博物馆。

罗芳淑(生卒年不详),清代女画家,字香雪,一字润六,扬州(今属江苏)人。罗聘之女,擅画梅,时人称罗聘夫妇、父女为“罗家梅派”。

罗芳淑的梅花图册凡六开,或为墨梅,或为红梅,本图为其中之一,是一幅白梅图。画家用粗笔描画枝干,自下弯曲向上,蟠曲成弧形,一枝挺伸至画外,又在右上方倒垂下来,枝上缀疏梅,用细笔淡墨作圈,勾勒花朵,填以白彩、红蕊,疏朗秀丽。画幅中部有一大片空白,画家在其中四字一行横向题写五律一首:

相忆辄何处,天寒水一涯。
桥边送客路,墙上美人花。
家笛裂如帛,溪光净似纱。
偏怜向疏寂,烟雪两三花。

题诗并不从画面切入,也没有描绘梅花形象,却用“侧面着笔”之法,吟咏画梅。首句用设问句发端,“相忆辄何处”,忆念梅花、梅树在哪里。发端出人意料,造成突兀之势。次句承上,说梅树在天寒的水边,点出梅树的生长特点。颔联仍写梅树之处所,它生长在桥边的送客路旁,树枝上的美人花透出墙外。颈联转而用笛声、溪光补凑梅花之美。秀梅绽开,引起家人的雅兴,家笛吹得极响,声如裂帛。溪边的梅树倒映水中,寒碧的溪水与白色的梅花相映成趣,溪光洁净如白纱。以上三联诗,均写自然界中的梅树。尾联由“真”

转到“画”,拍合到画面上的疏梅。诗人说画面上两三朵烟云中的如雪白梅,疏朗寂寞,惹人爱怜。本诗体现出女性诗人缜密细致的思维特征,她用侧笔描写水边路旁的梅树,婉曲地表现画梅疏寂冷艳的美学特征,真得寒梅之神韵。

罗芳淑《梅花图》

第五〇图　金礼嬴《杨柳鸣禽图》

本图藏上海博物馆。

金礼嬴(1772—1807),清代女画家,字云门,号五云,山阴(今浙江绍兴)人。晚居钱塘(今浙江杭州)。嘉兴王昙继室。擅画花鸟。

杨柳鸣禽是花鸟画中常见的题材，女画家对此处理得很独特,别创新意。画中两枝杨柳,一枝已经干枯,枯枝用焦墨写出;另一枝柳条依依,柔细飘逸,柳叶以淡彩写出,很有生意。这种笔法,取意于唐人松画一枯一生的画法,朱景玄《唐朝名画录》:“(张璪)惟松树特出古今,能用笔法,尝以手握双管,一时齐下,一为生枝,一为枯枝。”柳枝上站着一只黄莺,用笔精细,色彩鲜丽,羽毛很有层次感,它侧颈下视,正在鸣叫。画幅左上方,画家自题一诗:

忽见陌头杨柳色,柔条嫩绿水边生。
鸣禽唤醒春闺梦,时听枝头睍睆声。

首句,用唐代诗人王昌龄《闺怨》诗的成句,非常恰当地表现画面的意象,次句承“杨柳色”,作具体的描绘,水边的杨柳,初生绿色柔条,飘舞于晨风之中。三、四句叩到画面的鸣禽上,这时女诗人又用了唐人诗意。金昌绪《春怨》:“打起黄莺儿,莫教枝上啼。啼时惊妾梦,不得到辽西。”金礼嬴反金昌绪意而用之,扣住画面形象,拓展诗思,她说鸣禽在枝头不停地鸣叫,发出悦耳动听的声音,唤醒闺中佳人的美梦。“睍睆”,美好貌,《诗经·邶风·凯风》:“睍睆黄鸟,载好其音。”后来此词专门用来形容黄莺的鸣叫声。女画家

金礼赢《杨柳鸣禽图》

用唐人诗意画成这幅画，画中有诗。她又将唐人成句和唐人诗意写入自己的题画诗里，非常恰切地传达了画外意，也即是自己画中的诗意。诗与画在这件艺术品中起着双向的互动作用，真正体现出诗画艺术融通、渗透的审美规律。

第五一图　王素《兰花图扇》

本图藏南京博物院。

王素（1794—1877），清代画家，字小梅，晚号逊之，甘泉（今江苏扬州）人。曾向华嵒学画，擅画人物、花鸟、走兽、虫鱼，无不入妙。

这是一幅画在泥金扇面上的水墨设色画。构图的重心放在扇面左侧，用草书笔意写一丛兰叶，五朵兰花用淡墨点以朱砂，水墨与朱砂色浸接，似红非红，似黑非黑，十分雅致。有一片兰叶，自左长撇向右上方，与题款相接，使画面产生均衡、应接之美感。扇面右侧题五言绝句一首：

王素《兰花图扇》

空谷生幽兰，采采亦延伫。

南陔君子心，春风几回顾。

首二句自《孔子家语》“芝兰生于深谷，不以无人而不芳”句化出，说扇面上之幽兰来自深山空谷，欲往采之，却又停下，延伫不前，久立等待。为什么呢？三、四句随即道出个中原委，说为了等待那位有着侍养父母孝心的君子，所以伫立在春风里，多次回顾。这一层诗意，糅合屈原《离骚》“结幽兰而延伫”和束皙《补亡诗》“循彼南陔，言采其兰”的诗意写成。我国古代画家崇尚画作梅、兰、竹、菊“四君子”画。兰，素有君子之称，因为它有着君子的品格，黄庭坚《书幽兰序》：“兰甚似乎君子。”王素写成兰花图后，便用自然审美意识中的“比德说”称颂兰花，写成这首题诗。其实，他是用这幅兰花图、这首题兰花图诗称颂友人的美德，因为此人具有“南陔君子心”。全诗结尾句尽而意不尽，委婉含蓄，意蕴深长，耐人寻味。

第五二图　居巢《双鹭图扇》

本图藏广州美术馆。

居巢（?—1899），清代画家，字梅生，号梅巢，番禺（今广东广州）人。工诗词，擅书画，善画山水、花鸟。与其从弟居廉齐名，开岭南画派之先声。

广州美术馆藏居巢的《人物花鸟图》扇册共十五页，《双鹭图扇》为其中一页。画家用约略一半的篇幅，画两只白鹭，鹭鸟缩颈耸翅，站立在池水中，用笔简率，长长的鸟喙十分尖利。鹭鸟用白粉涂染，还用极淡雅之色勾出羽毛，四周衬以青翠之浮萍及水草，青萍采用“撞水”之法，水痕细缊。青萍与白鹭异色比照，相映成趣，清秀淡雅。余下的空间，别无他物，让读画人想像出浩淼的水天，可见画家构图颇具匠心。扇面左上方，横题七绝一首：

二分竹外水沦涟，傍水还牵岸上船。
才有踏波双属玉，浮家如坐五湖天。

署款云：“可园即目，写寄鼎铭仁弟大人两政。居巢。”“政”，通正，即教正之意。“两政”，指诗画两艺，请鼎铭教正。从题跋看，这两只白鹭原在“可园”池中，居巢即景写生画出。题诗从可园的景色切入，园中竹外有二分水，微风吹拂，微波涟漪，水边有旱船，似可牵动。三、四句，回到双鹭图上，说它们身边刚刚有两只属玉踏波经过，双鹭与它们在水池中“浮家”，好像生活在太湖无边无际的水天之中。“属玉”，水鸟名，似鸭而大，长颈赤目，羽毛紫绀色。“五湖”，太湖的别名。居巢凭着丰富的艺术想像力，把眼前“可园”的二分水池拟想成太湖，将白鹭放在烟水浩渺、水天一色的大背景中加以描写，诗境升华了画境，更能得天真自然之趣。

居巢《双鹭图扇》

第五三图　张熊《菊花图》

本图藏上海博物馆。

张熊(1803—1886),清代画家,字子祥,号鸳湖外史,秀水(今浙江嘉兴)人,寓居上海。善画山水、花鸟,画风工稳沉着,重视造型、笔墨、色彩,强调实写。与任熊、朱熊合称“海上三熊”,为海派重要画家之一。

张熊自跋此图云:“仿瓯香馆设色法。”瓯香馆,清初著名花卉画家恽寿平的画室名。仿其法,即仿南田的设色没骨画法。这幅菊花图画菊花三株,不用水墨,全用色彩画出黄、紫、红三色菊花。花叶用多种同原色画成,深色勾叶脉,表现出叶子的阴阳、向背、明暗,很有真实感。左上方空间,题七绝一首:

黄鹅紫凤娇欲舞,金幢玉节纷来迎。
南山悠然忽在眼,满手秋风餐落英。

诗人先用形象化的比喻描写画面具象,他说黄色菊花像黄鹅,紫色菊花像紫凤,迎风摆动,娇美欲舞;金黄色和玉色的菊花像仪仗队里的旗帜,纷纷来迎。两句诗,极意形容秋菊的流光溢彩,姿态娇美,色彩艳丽。“金幢玉节”,作仪仗用的金玉为饰的旗帜。诗的后两句,运化屈原、陶潜的名句,借用他们咏菊诗原有的意境以丰富题菊花图诗的内涵。诗人说,我来到东篱下,采摘菊花,忽而悠然见到南山;秋风吹来,菊花落下花瓣,满手可掬,我将服食菊花。“南山”句,用陶潜《饮酒》“采菊东篱下,悠然见南山”句意。“餐落英”,用屈原《离骚》“夕餐秋菊之落英”句意。“落英”,原意是初

张熊《菊花图》

生的花，也有人解为落花。张熊显然采用落花的说法，故曰“满手”。全诗句句写菊，或貌其形，或写其色，或状其态，或标其风神，后半首更是写出了画家兼诗人的高雅情致，点出画菊的真实目的。

第五四图　王礼《牡丹双鹊图》

本图藏上海博物馆。

王礼(1817—1885),清代画家,字秋言,号秋道人,吴江(今属江苏)人。善画花鸟。

这是一幅设色花鸟画,正中画湖石一块,傍倚牡丹一株,牡丹花、叶均用没骨法画成,花用黄色点蕊,叶用深色勾脉。一对喜鹊嬉戏于湖石、牡丹之间,翘尾张嘴鸣叫,姿态生动可爱。喜鹊用工笔写出,毛羽清晰可见。背景衬以参天的松树,枝干盘曲,枝与枝交叉处略有空隙,有前后的层次感,松叶以浅绿衬底,密点浓绿,显得郁郁葱葱。全图布局匀称,比衬照应,富有变化,设色明丽,造型隽逸逼真,画幅给人以喜庆的吉兆和审美的愉悦感。画幅左上方题七绝一首:

> 黛色参天岁暮时,薄寒轻暖鼠姑迟。
> 偶然写向东风里,老态颓唐更赋诗。

署款云:"颂卿仁兄大人雅属。丁丑春仲,拟元人笔,并系七截。蜗寄庵雨窗王礼。""丁丑",清光绪三年(1877)。"七截",即七言绝句。题诗先从画上的松树发端,这株参天的松树已经生长好多年,是老树,故云"岁暮时"。松在我国的文艺作品中是作为延年益寿的形象出现的,诗句自有其象征意义。次句写牡丹,仲春时节,薄寒轻暖,牡丹迟迟开放。"鼠姑",牡丹的别称。牡丹是富贵花,双鹊嬉戏于苍松、牡丹之间,喳喳鸣叫,如报喜讯,这种艺术氛围,在给人们审受愉悦感的同时,还带来喜庆吉祥的满足。三、四句交代作

画、题诗的缘由：今天我应友人的雅嘱，偶然在东风里写下此图，虽然我已有老态（作画时王礼已六十岁），精神颓唐，但是我受到画面吉祥喜庆氛围的感召，精神振奋起来，写完画更赋诗，以此表达我内心的欣喜和愉悦之情。

王礼《牡丹双鹊图》

第五五图　胡公寿《香满蒲塘图》

本图藏上海博物馆。

胡公寿(1823—1886),清代书画家,名远,号小樵、瘦鹤、横云山民,以字行,华亭(今上海松江)人。工画山水、花卉,尤喜画梅,画风集古今诸家之妙,又能自成一家。

本图先用湿笔画两丛菰蒲,一疏一密,隔水相望。又用勾线填色之法写莲荷两枝,一枝盛开,亭亭玉立,一枝含苞,含羞伫立,一高一矮,呈错落之势。两片荷叶穿插花间,先用泼墨晕染,再勾脉,浓墨为面,淡墨为背,阴阳向背很分明。菰蒲下,画点点绿色浮萍,与粉红荷花相映成趣。画幅用笔简练,赋色明丽,而构图最具特色的是,画家用直线条画菰蒲,与横线条画的水波纵横互补,浓淡相济,造成视觉上的协调和平衡感,极富艺术感染力。画幅右上方题七古一首:

江乡一望青菰蒲,烟漠漠兮云疏疏。
烟消云霁菰蒲尽,亭亭水际摇风荷。
吁嗟耳食世所闻,玉井莲华夸十丈。
此间如此好烟波,独挈钓艇来吟赏。

题诗从画题上的“蒲塘”切入,写出云烟萦绕下蒲塘清幽的美感。用“漠漠”、“疏疏”两组叠字,表现云烟叆叇迷蒙的景象,饶有韵致。三、四句,用顶针格,从第二句很自然地承接下来。烟消云散,蒲塘清霁,一眼可以望尽菰蒲,水塘里的亭亭玉立的荷花,在风中摇曳,散发着阵阵荷花的清香。画题中的“香满”之意,诗句中虽然

胡公寿《香满蒲塘图》

没有直接写出，然而在“摇风荷”的意象中，传达出荷香满塘的意境。两句诗，准确地描写出很有诗情的画面，而诗句中也富有画意。五、六句，画家从反面来拟议此画的风神。他发出感慨，说当世有人以为高大、富艳的荷花图值得推崇，这是一种不假思考、听信传闻的议论。言外之意，富有逸趣的、娟秀的荷花图，才是我所欣赏的。“耳食”，比喻不假思考，听信传闻。“玉井”，井的美称，用玉石砌成的井。玉井莲华，指饰以富艳玉石的莲花。结尾两句，以画作真，将画境当做真的荷塘，诗人想像着独自摇着钓艇，到这样烟波蒙蒙、荷香满塘的蒲塘中来吟诗写怀、欣赏美景，是多么的惬意！

第五六图　蒲华《天竺水仙图》

本图藏上海博物馆。

蒲华（1832—1911），近代画家，字作英，号胥山外史、种竹道人，秀水（今浙江嘉兴）人。侨寓上海，卖画为生。善书画，工山水、花卉，尤擅墨竹，笔法淋漓潇洒。工诗，有《芙蓉庵燹余诗草》。

这幅画，画了四种耐寒的植物：天竺、水仙、腊梅、万年青，环生于一块嶙峋怪石周边。天竺、万年青的叶以没骨法写出，浓笔勾边、勾脉，其果实用红色点染。水仙、梅花均用勾勒填色之法，分别填上黄、白色。湖石先勾出轮廓，拖笔烘染，浓墨点苔，明暗分明。全图构图井然有序，繁而不乱，设色鲜丽，充分体现出“海上画派”重视造型、笔墨、色彩的艺术追求。画幅右上方题写七绝一首：

璎珞红珠著意妍，万年颂到炼丹仙。
洛滨妙试凌波步，庾岭香从破腊传。

这首题画诗独具一格，很少见。首句写天竺。天竺的果实像一串红色的珍珠，很妍丽。“璎珞”，串连珠玉而成的饰品。次句写万年青。这种植物是中国的吉祥物，万年长青，颂人长寿，果实红色，圆如球，像是神仙炼成的丹砂。第三句写水仙。诗人将水仙花比喻成水中女神洛神，她在洛水之滨凌波微步。宋黄庭坚《王充道送水仙花五十枝》：“凌波仙子生尘袜，水上盈盈步微月。”蒲华或许从山谷诗得到启发，写成此句。第四句写腊梅。庾岭盛开梅花，梅香在进入十二月的时候从南方传来。“腊”，腊月，农历十二月。四句诗写四种画面上的花卉，构成一个整体，诗画交融，创造出欣欣向荣、充满生机的艺术氛围和诗画意境，打破冬日肃杀的气象，给人们在岁末时带来温馨吉祥的审美感受。

蒲华《天竺水仙图》

第五七图　任霞《玉树鹳鸽图》

本图藏上海博物馆。

任霞（？—1920），近代女画家，字雨花，山阴（今浙江绍兴）人。任颐之女，得任颐家法，善画人物、花卉。吴兴吴少卿妻，侨居沪上。

图轴画玉兰树两株，一株直立画幅正中，一株横插在画幅的下部，一直一横，布置别出心裁。树干以淡墨写出，略作晕擦，现出枝干表面光的变化。玉兰花或盛开，或含苞，花用勾线填色法，再点蕊，很有生气。直树花稀，横枝花密，疏密比照，很见章法。两只鹳鸽以浓墨涂染外形，勾喙点睛，一只翘首远望，一只俯首下视，神气毕现，它们露首藏身于玉兰花后。全图构思别具匠心，虚实、疏密、墨色浓淡兼顾，施色清雅，笔力娟秀中又透出浑厚之气，诚为女画家之佳作。蒲华于画幅左上部用行书题写一绝：

玉树花开淑气融，一双鹳鸽语春风。
丽华何处歌新曲，珠箔银屏夕照中。

题诗先写画面具象，画上玉兰树花盛开，春气和淑融融，一对鹳鸽在春风中鸣叫。首句写题上之“玉树”，次句写题上之“鹳鸽”，两句诗写尽题意。三、四句，诗笔突转，从画面跳开，写到陈代的张丽华。诗人由眼前的“玉树”，联想到陈朝末年的《玉树后庭花》曲。据史载，陈后主嗜声乐，造《玉树后庭花》曲，制歌词，令歌女歌之，其音甚哀。“丽华”，即张丽华，陈后主妃，隋兵入陈，被杀。后半首诗意是，张丽华在何处歌唱新曲呢？应是在夕阳斜照下的楼台里，隔着珠箔，坐在银屏前。蒲英看透女画家的画心，借着题画的机会，运用张丽华的典故，摅写出女画家忧伤国势的情思。

任霞《玉树鸜鹆图》

第五八图　吴昌硕《牡丹水仙图》

本图藏吉林省博物馆。

吴昌硕(1844—1927)，近代书画家，名俊卿，字昌硕，一字仓石，以字行，号缶庐、老缶，安吉(今属浙江)人。曾任安东(今江苏涟水)县令，后寓居上海。工书法、篆刻，善写石鼓文，擅画山水、花卉，取篆、隶、狂草笔意入画，画风雄浑苍劲。工诗，有《缶庐集》。

此图写牡丹、水仙，中间隔一块圆石。两种花卉用两种画法画成，牡丹在圆石后面，用大写意手法写出，花、叶均用没骨法，设色浓艳；水仙花叶均用勾线填色法写成，色彩淡雅。牡丹在山石后，呈直势，水仙依斜坡生长，成斜势，两两比照，富有变化。山石以淡墨写成，略点枯笔。右下角画水仙一小丛，山石一块，起着填补画面空白的艺术作用。全图构图别致，映照变化，颇费匠心。画幅左边直行题一诗：

红时槛外春风拂，香处毫端水佩横。
富贵神仙浑不羡，自高唯有石先生。

题诗时，吴昌硕漏了“毫端”两字，为了不破坏题写的形式美，他便在画幅左边缘补上“处下脱毫端二字”七个小字。署款曰：“癸亥岁寒，吴昌硕老缶，时年八十。”“癸亥”，民国十二年(1923)。题诗的前两句，用对起之法，分写画面上牡丹和水仙的形象。牡丹开时，槛外春风吹拂；水仙开时，香气馥郁，水佩横斜。首句诗意从李白《清平调》“春风拂槛露华浓”句脱出。第三句，诗意一转，由画面形象生发议论，“富贵”，承牡丹花而言；“神仙”，承水仙花而言。诗人说，不管富贵也好，神仙也罢，我都不羡慕。结句绕回，诗人说，我推崇的只有石先生。“石先生”，即画中的圆石。郑板桥在题画诗中累累称道“石”的特性：“遒坚”、“清奇”、“气骨森严”、“介节贞明”，他将石的自然属性与人的德性联系起来，将石当做君子，赞扬它坚贞、耿介的品性。吴昌硕在诗里称赞“石先生”，用意与郑燮相同。吴昌硕另有一幅《富贵神仙图》，亦是写牡丹、水仙，构图稍异，题诗却与本图完全一样，可以参看。

吴昌硕《牡丹水仙图》

第五九图　吴昌硕《花卉图》

本图藏钱君匋处(见《中国民间秘藏绘画珍品》第一册)。

这幅花卉图实是桃花图。画幅上写桃树两枝，自右下部向左上方斜向挺生，枝头开满桃花，花用没骨法画成，深色点蕊，鲜艳夺目。吴昌硕在右上方沿边缘直行书写五绝一首：

灼灼桃之花，赪颜如中酒。
一开三千年，结实大如斗。

首句点明画上形象为桃花，语出《诗经·周南·桃夭》"桃之夭夭，灼灼其华"。次句形容桃花的色泽，好像人喝醉了酒颜面通红。三、四句暗用西王母种桃事，说这是一株西王母种的仙桃，三千年结实，大如笆斗。传说东郡送一短人给汉武帝，短人指着东方朔对汉武帝说："王母种桃，三千年一结子，此儿不良，已三过偷之，失王母意，故被谪来此。"一幅普通的桃花图，却被画家用神仙故事加以渲染，为画幅披上了神秘的面纱，增添了它的审美效果。

在吴昌硕诗后，蒲华又题上一诗：

天台是否洞多栽，漫说瑶池结实来。
惆怅三千年后事，画中香艳满怀开。

蒲华还题了一则短跋："仓翁此以风韵胜，不独苍秀已也。喜缀以句，蒲华。"评论此画风格苍秀，饶有风韵，点出此画之审美特征，可称不刊之论。蒲华的题诗并不摹写画面具象，却巧用有关桃花的典故，以诘问发端，从刘、阮故事切入。诗人发问：天台山桃源洞是不是多栽这种桃树？起势突兀，出人意料。“天台”句，用刘义庆《幽明录》故事，传说汉代刘晨、阮肇入天台山采药，于桃源洞迷路，遇仙女，留住半年。次句和第三句，还是用典故承接，徒然说它是瑶池西王母处的仙桃种子，三千年方结一次实，可叹三千年后，桃树又开出花来。结句拍合上句诗意，绕回到画面桃花上，形容画中的桃花又香又艳丽，正开满怀。全诗运用两则有关桃花的神仙典故点缀渲染，给这幅桃花图带来仙灵之气，蒙上浪漫色彩，有效地赞誉吴昌硕这幅充满神韵的画。

吴昌硕《花卉图》

第六〇图　王震《墨荷图》

本图藏中国美术馆。

王震（1867—1936），近代画家，字一亭，号白龙山人、梅花馆主，吴兴（今浙江湖州）人。平生信佛，法号觉器。兼擅山水、花卉、翎毛、佛像。早年学任颐画风，四十六岁时拜吴昌硕为师，画风自任颐之清新飘逸转向吴昌硕的沉雄凝重，是海派后期的一位大家。

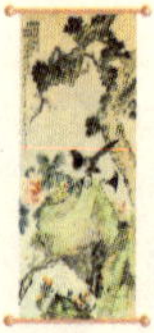

画幅署款曰："丙寅夏仲，白龙山人写。""丙寅"，民国十五年（1926），王震已至晚年，此时的王震深得吴昌硕大写意花鸟画的神髓。本图用不同色差的墨色泼写荷叶，墨笔勾花，略施淡彩晕染，淡红点蕊，荷茎挺立，用笔爽辣。全图笔墨酣畅奔放，淋漓自如，花与叶参差错落，偃仰呼应，搭配巧妙。王震在画幅右侧直行题写七绝一首：

几柄低荷十里香，秋容如月纳新凉。
禅机空色留真相，始信花光即佛光。

诗的首句，直切画面，描写画上荷花香气浓郁，足足传到十里以外。香，是嗅觉形象，绘画艺术无法表现，题画诗发挥"通感"的艺术功能，弥补了绘画的缺憾。次句仍就画面着笔，说秋月照在荷花上，秋色溶溶，清风带着荷香，徐徐吹来，人们在荷池边乘着新秋的凉风。以上两句，表现的是世俗的事物和审美感受。王震是佛教徒，他的画，他的诗，必然会打上佛学思想的印记，题诗的三、四句，便转而写禅理。画家说，佛家尽管谈论"空色"的禅机，但还是留下了“荷花”的真相。“空色”，佛家认为现实世界是色相世界，一切都是虚空，主张“色即是空”。荷花一尘不染，清白洁净，是佛家崇信的花卉。唐孟浩然《大禹寺义公禅》：“看取莲花净，应知不染心。”所以佛寺称莲宇，佛座称莲台，佛国称莲界。王震诗的结句，就是说看到了莲荷的“花光”，便看到了佛性和“佛光”，挑明了《墨荷图》和这首题画诗所蕴含的佛理和禅机。全诗后两句虽然语涉论宗，但始终扣住了画面艺术形象“荷花”，让读画人在审美愉悦中领悟禅理，很有艺术感染力。

王震《墨荷图》